असलाह

वाणी प्रकाशन

21-ए, दरियागंज, नयी दिल्ली-110002

फ़ोन : 011-23273167, 23275710, 65456829, 65394966

फ़ैक्स : 011-23275710

e-mail : vani_prakashan@yahoo.com

vaniprakashan@gmail.com

website : www.vaniprakashan.com

एक

वाणी प्रकाशन का लोगो
विख्यात चित्रकार मकबूल फिदा हुसेन
की कूची से

ISBN : 81-7055-123-4

वाणी प्रकाशन
21-ए, दरियागंज, नयी दिल्ली-110002
द्वारा प्रकाशित

प्रथम संस्करण : 1987
द्वितीय संस्करण : 1989
तृतीय संस्करण : 2007

आवरण : वाणी चित्रांकन

शक्ति ऑफसेट, शाहदरा
द्वारा मुद्रित

मूल्य : 100.00

ASLAHA
by Giriraj Kishore

असलाह

गिरिराज किशोर

दरोगा

अमर उर्फ अमरी हथियारों को बहुत प्यार करता था। प्यार क्या करत था, उनके पीछे पागल था। वह दरोगा का बेटा था। जहाँ तक दरोगा हो का सवाल है वह कोई भी हो सकता है, व्यक्ति, समाज, देश···कोई भी जब से उसने होश सँभाला था तब से उसने अपने पिता को बगल में पिस्तौ लटकाये ही देखा था। पिस्तौल भी अच्छा-खासा बड़ा। जब तक उस पिस्तौल और बन्दूक का भेद नहीं जाना तब तक वह उसे बन्दूक ही कहत और समझता रहा। बन्दूक और पिस्तौल की बात को लेकर उसकी ए बच्चे से लड़ाई भी हो गयी थी। वह बहुत छोटी क्लास में था। वह अप बाप के हथियार को पिस्तौल मानने को तैयार ही नहीं था। चूँकि दरोग का बेटा था, हथछुट्टा था। मार बैठा। लड़के की नाक से खून निक आया। बाप दरोगा न हुआ होता तो सारा अमरीपन टट्टी के रास्ते निकल गया होता।

पिता भी उसकी चंचलता को लेकर चौकन्ने रहते थे। उनकी गैर हाजरी में एक बार उसने पिस्तौल पर ही हाथ साफ कर दिया था। हा साफ करने का मतलब यह नहीं कि कहीं उठाकर चलता बना था। बल्कि अत्यन्त सीमित अर्थों में, उसे उसके तोशदान से निकालकर हाथ में ले लिया था। उस वक्त उसे पिस्तौल को दोनों हाथों में सँभालना पड़ा भार तौलने का और तो कोई माप उसके दिमाग में आया नहीं। यूं सोचा कि हो ना हो, एक ईंट के बराबर तो होगा ही। उससे भारी भले ह निकल आये, कम नहीं। हाथ काँप जरूर रहे थे पर वह उसकी पड़ता बड़े गौर से कर रहा था। उसकी काली-भुजंग नाल उँगली की तरह आँख

घुसी जा रही थी। चक्री में पीतल की टोपियों वाली गोलियाँ भरी थीं। ह चमत्कृत था। उसे लग रहा था कि बस अब चला। अब ठूँ हुई ! उसी मय दरोगा आ गए थे। उन्होंने झपटकर सबसे पहले उसके हाथों से पना पिस्तौल छीना। तोशदान में रखा। तोशदान को कमर से बाँधा। ले में डालने वाली पेटी को हाथ में लिया। तब जाकर उसकी ओर खातिब हुए। मुखातिब का मतलब हाथ वाली पेटी से सटा-सट चार-ाँच बार सूड़ा। फिर बोले, "तूने छुआ कैसे ? यह क्या तेरे बाप का लाया ख़लौना था जिससे साहबजादे खेल रहे थे—अबे चल जाता, तू तो मरता । घर में कोई और इसकी बलि चढ़ता ! यह खिलौना नहीं कालभैरव । जो कोई मरता सो मरता, मेरी नौकरी ऊपर से जाती। न भी जाती ो लाइनहाजिर तो हो ही जाता। आजकल के अफसर पहले अफसरों से नहीं कि मातहत को बचाने के लिए जान लगा दें—तब तू क्या ाता ? गधे की लीद !" चमड़े की पेटी से सूड़े जाने के बावजूद अमरी ने फ़ नहीं किया। दाँत भींचे चुपचाप मार खाता रहा। वह अमरी न रहकर त हो गया था। मारता हुआ बाप ऐसा लग रहा था कि कोई नाराज च्चा अपना अनपहचाना गुस्सा निकालने के लिए किस बुत पर ताबड़-ोड़ प्रहार कर रहा हो। दरअसल हर दरोगा का स्वभाव होता है कि बसे पहले अपनी सुरक्षा की चिन्ता करता है। वही वह कर रहा था।

अमरी का बाप एक अजीबोगरीब आदमी था। सख्त भी और दयालु ा। कैदियों को जी भरकर मारता था और फिर दूध पिलवाता था। छने पर कहता था, वह दरोगा का काम था यह आदमी का काम है। ानियर हँसते थे और मातहत मुस्कुराने के लिए गर्दन नीची कर लेते थे। किन बच्चे को वह कसाई की नज़र से देखना पसंद करता था। इसे वह ाद्धान्त की बात मानता था। देखे कसाई की नज़र से खिलाये माई की ज़र से। अमरी की वह पिटाई पहली ज़िम्मेदारी के तहत हुई थी। वह ा होती रहती। हलाली तब तक चलती है जब तक काम तमाम नहीं हो ाता। पेटी की मार की आवाज रसोई तक जा पहुँची। माँ न पहुँची ाती तो जान बचना मुश्किल था। माँ अच्छी तगड़ी थी। पूरी दरोगाइन ो दरोगाइन। हाथ पकड़ ले तो छूटे नहीं। जब वह छुड़ाने आयी तो हाथ

लगे दो-तीन पेटी वह भी खा गयी। फिर उसने एक हाथ से दरोगा का मारता हाथ पकड़ा, दूसरे हाथ से पिटता बच्चा सँभाला। चूँकि जबान पकड़ी नहीं जा सकती थी इसलिए दरोगा दूसरे के काबू हो जाने पर उसका कसरत से इस्तेमाल करने लगा, "—इस हरामज़ादी, कमीनी औरत के कारण ही ये साला सुअर का बच्चा बिना सूँड़ का हाथी बना घूमता है। इस ज़लील औरत की ज़लील कोख का फल है कि यह नालायक पैदा हुआ है—" वह बोल कुछ नहीं रही थी। पेटी उसके हाथ में आ गयी थी। बच्चे को उसने आँचल में छिपा लिया था। दरोगा बुलन्दी के साथ चालू था, "अगर घोड़ा दब जाता··"

अब जाकर बोली, "दब तो तब जाता जब उस पर कोई चढ़ता।"

"भगवान करे तू ही उसके सामने आती! तब पता चलता घोड़े पर कौन चढ़ा। और कैसे चढ़ा—साली ज़बान लड़ाती है। गोली इधर से जाकर उधर निकलती तो पता चलता कि क्या कुँवर कन्हैया पैदा किया है।"

"पैदा क्या मैंने अकेले कर दिया?"

"जबान चलाये जा रही है—करूँ तुझे भी ठीक—चम्मच-सी निकाल कर अलग रख दूँगा।" बेटा मार भूल गया था और उन दोनों की तरफ़ देख रहा था कि आगे क्या होता है।

माँ जानती थी कि अगर दरोगा जी का हाथ रोक दो तो उनकी जबान फर्राटा हो जाती है। चीलगाड़ी को भी मात करने लगती है। अमरी को लेकर टल जाना ही उसने बेहतर समझा। कमीज उठाकर देखा तो उसके शरीर पर कई जगह आड़ी-सीधी पेटियाँ नक्श थीं। माँ का रोना फूट पड़ा। हालाँकि रोना बेटे के दर्द की दवा न थी और न हो सकती थी। वह भी रोते-रोते बुदबुदाने लगी। उतनी ज़ोर से नहीं जितनी जोर से दरोगा बोल रहा था। पर बातें उसी तरह, वहीं से निकल रही थीं।

"बाप क्या असली कसाई हैं—कसाई को भी दया-माया होती होगी। इनमें तो वो भी नहीं। बाहर दरोगाई करते-करते घर में भी करने लगे। अकेला बेटा - यह भी नहीं कोई दस-बारह हैं।" बेटे पर पड़ी मार और बाप की ज्यादती से त्रस्त उसका कान पकड़कर गुस्से में बोली "तू

काहे के लिए वहाँ अपनी मौत बुलवाने को पहुँच गया था—" वह कहती जा रही थी और हल्दी-चूने का लेप करती जा रही थी।

जब दरोगा जी का बकना-झकना बन्द हुआ, पेटी-सेटी लगाकर टंच हुए तो दबे पाँव दरवाज़े के पास जाकर अन्दर झाँकने लगे। पिटा हुआ बच्चा अभी भी गुमसुम था। रोया अभी तक नहीं था। माँ का प्यार मिलने के बावजूद वह बाँध बाँधे था। बीच-बीच में नाक सुड़क लेता था। अपनी जगह लौटकर फिर बुदबुदाया, "रिवाल्वर हथियार है हथियार! खिलौना नहीं। हमसे कहता—बाबू हमें रिवाल्वर दिखा दो। हम गोद में बैठाकर प्यार से दिखाते। दरोगाई हथियार की होती है—बाकी तो बहुतेरे लेफ्टीनेंट गवर्नर बने घूमते हैं। कोई कौड़ी को नहीं पूछता। सब इसी की माया है—यह इसी को चौपट करना चाहता था। गधे का बच्चा!"

आत्म-संवाद खत्म होते ही भनक लेने लगा, क्या हो रहा है। फिर एकाएक धड़ाम-से दरवाजा भेड़ा और निकल गया। दरोगाइन ने यह नहीं सोचा था कि दरोगा बिना बेटे को देखे चलता बनेगा। दरवाजा भिड़ा तो भी वह यही समझी कि चरित्तर दिखा रहा है। कैसा भी दरोगा हो, बेटे को देखे बिना थोड़े ही चल पड़ेगा। क्या पता बेटे के लिए दौना ही लेने गया हो। लेकिन जब थोड़ी देर बाद फिटफिटिया स्टार्ट हुई तो उसकी समझ में आ गया कि सिर पर पूरी-पूरी दरोगाई सवार है। गया तो जाय। जब दिल में बेटे की मोह-माया ही नहीं तो दरोगाई ले के क्या चाटेंगे!

अमरी माँ द्वारा लगाये जा रहे गरम लेप से तंग था। बार-बार हाथ झटकता था। आँखों में रह-रहकर आँसू भर लाता था। बच्चेपन के साथ बड़ों वाली बात बोला, "पापा मारें, तुम लेप लगाओ—मैं सब जानता हूँ। ना मैंने एक से एक बन्दूक, तमंचे, तोप इकट्ठे किये तो मेरा नाम भी अमरी नी! पापा के जूतों की तरह हथियारों की लाइन लगा दूँगा—पता नहीं पापा अपनी उस काली-कलूटे पिस्तौल को क्या समझते हैं।"

"तूने पिस्तौल छेड़ा था क्या?"

"अब तू भी मारेगी?"

"नहीं, पूछ ही तो रही हूँ।"

"देखा था !"

"तभी तो मार खाई ! मैं भी तो कहूँ पागल हो गये क्या ? उनके लिए राम या फिर उनकी यह पिस्तौल ! पर हथियार से क्या खेलना ? उसे तो छूए से ही मौत करंट मारे। इतने खिलौने पड़े हैं, उनसे क्यों नहीं खेलता।"

"तू भी पापा की बानी बोलने लगी ! तू मुझे बता, अगर पिस्तौल इतनी बुरी है तो पापा काहे बाँधे घूमते हैं ? बड़ा होने दे तब देखिये…"

जिस तरह अमरी ने माँ की तरफ देखा उसे लगा कि बेटे की आँखों में लोहा गल रहा है। वह माथा पकड़कर रह गयी। पता नहीं उसे क्या मंजूर है—मेरे इस बच्चे को रख !

रात को दरोगा देर से आया। शराब में लटपटाया। फिटफिटिया की आवाज सुनते ही संकल खोलने चली गयी। दरवज्जे के पीछे खड़ी हो गयी। जैसे ही कुंडी बजाई, उसने संकल खोल दी। दरअसल दरोगा को कुंडी खटखटाने के बाद इन्तजार करना बुरा लगता था। कभी किसी दिन घरवाली की आँख गहरे लग जाती थी तो वह उस दिन प्यार करना तो प्यार करना, बात तक नहीं करता था। बीवी ठाड़ी जरूर थी पर ऐसे मौके पर चुप लगा जाती थी। कहना होता तो अगले दिन कहती, "देखो जी, आँख लग गयी तो ऐसा कौन पहाड़ टूट गया—ऐसा ही है तो बखत से आया करो ! यहाँ कोई सन्तरी नहीं बैठा कि एड़ी बजा के दरवज्जा खोल दे।"

सवेरे दरोगा भी खुश होता तो कहता, "आँख लगायेगी तो घर से निकाल दूँगा।"

वह भी हँस देती, "इसीलिए देर-सबेर टोह लेने आते हो !"

लेकिन उस दिन की बात और थी। वह जगी थी। बेटे के बदन की चोट देख-देखकर कलप रही थी। रह-रहकर सहलाने लगती थी। जैसे उसी की देह हो। हालाँकि जिसकी देह थी वह ठीक बच्चों की तरह गहरी नींद में सो रहा था। इतना छोटा और इतनी मार सह गया ! यही बात उसकी समझ के बाहर थी। दरोगा है तो क्या घरवाले भी चोर-बदमाश हो गये। ऐसा ही मारना था तो सिपाही भेजकर वहीं बुलवा लेता। मैं तो

न होती देखने को। दरवाजा खोलते ही पलट गयी। दरोगा को बुरा लगा, "क्यों क्या जबान कट के जा पड़ी ?"

"मरखने बैल और आदमी में फरक ही क्या है ?" कहकर वह पछतायी। दरोगा पिये तो जरूर था पर खुशमिज़ाजी में था "अच्छा" कहकर हँस पड़ा। फिर बोला, "लगता है ज़्यादा ही ज्ञानन हो गई !"

वह जाकर बेटे के सिरहाने बैठ गयी। कमीज़ और उघाड़ दिया। दरोगा वर्दी उतार कर तहमद बाँध आया, "अमरी ने खा लिया ?"

"बच्चा जो ठहरा—इनका मन म्हारे-तुम्हारे जैसा पापी थोड़ा ही होवे ! पल में नाराज, पल में खुश ! छिमा करना तो ये ही जानें। बड़ों में तो दया और छिमा का दिखावा ही दिखावा—पूछता-पूछता सोया।"

"ले, इसके लिए भी एक पिस्तौल खरीद लाया ! बिल्कुल असली जैसी ! सवेरे उठे तो दे देना !"

वह वैसी ही बैठी रही। दरोगा की नजर उघड़े बदन पर बार-बार जा रही थी। वह बोला, "पकड़ती क्यों नहीं ?"

"मुझे पकड़ के क्या करना ? यह तो तुम्हारी और तुम्हारे बेटे की लाग-डाट है। मैं कौन ? तू खामखाह !"

"अच्छा !" कहकर उसके सिरहाने रख दिया।

जब मन नहीं माना तो बोली, "खाना नहीं खाना क्या ?"

"नहीं।"

"क्यों ?"

"भूख नहीं।"

"लगता है पीने की पार्टी खाके आये हो !"

"बक-बक मत कर !"

"कभी घर की भी तो सोचा करो ! दरोगाई कोई राम जी की गद्दी नहीं। लौंडे को इतना मारा कि मारने-भर पूछिए। फिर भी तुम्हें पिलाई सूझी ? लड़का करवट भी लेता है तो हाय-हाय करता है…" वह टसुए बहाने लगी।

दरोगा पलंग के और नजदीक आ गया। बेटे के माथे पर सलवटें थीं। वह बड़बड़ाया। उसने सुनना चाहा। लेकिन बात बिना समझ में आये

निकल गयी । चोट के निशान उसे कुछ ज्यादा चमकते हुए से लगे । हालाँकि हल्दी-चूने के लेप ने उन्हें काफी सीमा तक बराबर किया हुआ था । दरोगाइन से आँखें मिलीं तो बोला, "आज बच ही गया —पता नहीं क्या हो जाता । असलाह भी कोई छूने की चीज थी । वह भी बच्चों के ! अच्छा ही हुआ तू आ गयी । नहीं तो बस सिर पर खून सवार था ।"

"जो कमी रह गयी, अब पूरा कर लो ! असलाह न हुआ रामजी की मूँछ का बाल हो गया !"

वह झूमकर बोला, "बस गुस्सा मत दिला ! कुपड्ड कहीं की !"

घरवाली को भी गुस्सा-सा आ गया, "उन पढ़ों से भली जिनके वास्ते न बीवी, न बच्चा, जो कुछ है यह लोहे का कट्टा ।"

वह उचका "बताऊँ क्या ? क्यों मेरे हाथों मरना चाह रही है ! तेरी नजर में यह कट्टा है ?"

"जिसने बच्चे को बच्चा नहीं जाना वो घरवाली को क्या समझेगा !"

"बस बक-बक मत कर ।"

"चला लो बन्दूक-पिस्तौल !"

"जवाब में नरमायी लाके बोल ! तेरी जबान क्या बन्दूक-पिस्तौल से कम है —उनसे ज्यादा मार कर रही है ।"

"ये दुख के बचन हैं —तुम्हारी बन्दूकों-पिस्तौलों की गोली नहीं ।" फिर बोली, "नहीं खाना तो जाओ, बत्ती बन्द करके सो जाओ । जी और ज्यादा दुखी न करो !" पहले तो वह खड़ा रहा फिर बत्ती बुझा दी ।

आँख खुली तो अगला दिन !

.

दरोगा के बेटे की नकली पिस्तौल

सबेरे उठा तो एक नयानकोर चमचमाता पिस्तौल अमरी के सिरहाने रखा था । पहले वह उसे देखता रहा । फिर धीरे-धीरे हाथ बढ़ाया । इधर-

उधर देखा और उठा लिया। दरोगा खिड़की पर से देख रहा था। मुस्कराया। उसके पास तक चलकर आया और खड़ा हो गया। अमरी ने खड़े देखा तो उसके हाथ से फिसल गया। दरोगा ने उठाकर फिर उसे पकड़ा दिया। अब अमरी का चेहरा पूरी तरह बदल गया था। दरोगा मुस्कुराया, "तूने कल बेकार ही उसे उठा लिया था। तू कहता तो मैं तुझे खुद दिखा देता। बहुत खतरनाक चीज होती है। उसे छूने के लिए बड़े-बड़े अफसरों के हुक्म की जरूरत पड़ती है। बच्चे नहीं छूते। छू दें तो हालन आ जाय। आफ़त बरपा हो जाये।"

अमरी बिना पिता की ओर देखे, मुग्ध भाव से पिस्तौल को देख रहा था। दरोगा ने पूछा, "अच्छा है ना?"

उसने गर्दन हिला दी। वह बोला, "गोली भी चलती है। चलाकर दिखाऊँ?"

"असली?"

दरोगा पहले सकपकाया, फिर बोला, 'बड़े हो जाओगे तो वैसी चलाना!"

अमरी ने पिस्तौल दरोगा के हाथ में थमा दी। वह समझा गोली चलाने के लिए दिया है। उसने पटाखा भरा और पिट से चला दिया।

"ले, अब तू चला!"

उसने गर्दन हिला दी। नहीं। दरोगा को 'नहीं' सुनना हमेशा मुलजिम के अहसास से भर देता था। उसे फौरन लगता था कि तीसरे नम्बर के तरीकों से हाँ कराना पड़ेगा। वह बेटे की तरफ को लपका। लेकिन वह बावजूद चोट के नौ-दो ग्यारह हो गया।

दरोगा को लगा कि उसके हाथ में खदबदाती धातु का बना तमंचा है—वह कराहकर रह गया! मुँह फिर चालू हो गया।

अमरी

अमरी अपने दरोगा बाप और नकली पिस्तौल को याद करने से कभी नहीं चूकता। जब भी कोई संदर्भ उठता है तो उससे पहले दरोगा बाप और वह पिस्तौल जी उठते हैं। कट्टे से लेकर अणु बम तक संदर्भ-ही-संदर्भ फैले मिलते हैं। अमरी उन दोनों को इस कदर याद करता है कि उन सब आधुनिक से आधुनिक हथियारों के नीचे उसे वे दोनों पत्थर बने नज़र आते हैं। पूरा का पूरा चट्टा उन्हीं दोनों की पीठ पर चुना खड़ा है। इस सबकी याद करते और सोचते वह यह जानता है कि उसका बाप बाप जरूर था पर इन मामलों में ऐसा कोई तीस मारखाँ नहीं था कि उसके चरणचिह्नों पर चला जा सकता। दूसरा जो लाकर दिया था वह तो था ही साला नकली। पटाखेबाज। एक दरोगा के पास कितना भी क्यों न हो, पर एक मुल्क के मुकाबले तो वह उस मुल्क का एक नामालूम बाशिन्दा ही है। पिता-दरोगा तो फिर भी ईमानदार था। यकीन करने की बात हो न हो। पर बात तो है। उन दोनों में चाहे कितनी भी जानी दुश्मनी हो। पर हैं तो दोनों ही। दरोगा अपनी जगह और ईमानदारी अपनी जगह। कोई किसी का कुछ नहीं बिगाड़ पाया। न दरोगा ईमानदारी का और न ईमानदारी दरोगा का। लेकिन अमरी अपने बाप यानी दरोगा को भी उसी नज़र से देखता था जिस नजर से वह बेईमानी को देखता, अगर वह हुआ होता?

खैर, अब उन बातों को दोहराने से फायदा? बच्चा था तो बचपन की बात थी। हैं तो वे अभी भी पर उनके साथ और भी बहुत-सी बातें जुड़ गईं। इसलिए अकेले उन पर ही ध्यान देने का कोई मतलब नहीं। उन बातों के सहारे कहानी भले ही पैदा हो जाय पर उपन्यास जैसी कोई चीज निकलने का सवाल ही नहीं उठता। उपन्यास को तो एक जामा होना जरूरी है। केवल कुर्ता, टोपी, या जाकेट बनकर काम नहीं चलता। जामा न हो तो न उघाड़े का मजा, न ढके का। मजा यानी चाट-चटुल्ले वाला मजा नहीं। सोच-समझ और काटने-कटने का मजा।

अमरी जैसे-जैसे विकसा वैसे-वैसे उसका जमीरा भी परवान चढ़ा।

उसकी भी एक लम्बी कहानी है। उस लम्बी कहानी के भी कई स्तर हैं। उन स्तरों में भी तरह-तरह के घुमाव हैं। लेकिन उन सबकी शुरुआत असलाह-घर के इंचार्ज के बेटे के साथ दोस्ती से होती है। सच पूछिए तो अमरी को उसकी तलाश भी थी। वह उसी के माध्यम से अपने मनचाहे अनुभव के बीच से गुजरा था। वह वही जैक था जिसके सहारे वह उन सपनों तक पहुँचा था।

दोस्त का पिता और असलाहघर

दोस्त का पिता किले में मैगजीन यानी असलाहघर या कहिए शस्त्रागार का इंचार्ज था। वैसे अन्दरखाने वहाँ चाहे जो होता हो लेकिन जाहिरा तौर पर काम आयी गोली की खाली टोपी तक बाहर नहीं जा सकती थी। निकलती थी तो उसके दोस्त के इंचार्ज-पिता की देख-रेख में। वह देख-रेख न करे तो बात दूसरी है। लेकिन यह अपने में एक आश्चर्यजनक बात है कि अमरी ने चाहा, और अपनी मनचाही जगह पहुँच गया। जबकि आज की दुनिया में ऐसा कम···कम क्या, यूँ कहिए कि होता ही नहीं। तिलिस्मी दुनिया की बात और है। ख़ैर, उसकी किस्मत या कहिए तदबीर। अगर कहीं वह सिर्फ़ दरोगा का बेटा बना रहता तो ज्यादा से ज्यादा दो-चार कट्टे पा गया होता। वह भी जरामयपेशा लोगों की चिरौरी करके। इतने बड़े असलाहघर को अपनी आँखों से देखने की बात तो कभी सोच ही नहीं सकता था। कुछ लोगों का सोचा ही हो जाता है। और काम, बराबर सफलता ! उसकी तीनों यात्राएँ बस एक दोस्ती के सहारे पूरी हो गईं। शस्त्रागार-नायक का बेटा क्या मिला कि समसम मिल गयी।

वह एक अजीबोगरीब अनुभव था। उसने अपने चर्म-चक्षुओं से ऐसे असलाह देखे जो दिव्य चक्षुओं को भी नसीब नहीं होते। देखना तो देखना, सुनने को नहीं मिलता। वाह रे अमरी ! भाग्य हो तो ऐसा हो ! चालाकी

भी हो तो इससे कम किसी हाल में अच्छी नहीं। असलाहघर में जाने के बाद वह गूँगा हो गया। आँखों में चमक और जबान बन्द। उसे देखने से लगता था कि वह जमीन से एक बालिश्त ऊपर उठकर चल रहा है। बिजली की लहर की तरह कोई दैवी संस्पर्श उसके शरीर में पैवस्त हो गया था। कहाँ पहुँचेगा यह उसे खुद मालूम नहीं था। उठते-उठते वह इस सीमा तक उठ सकता था कि उसका सिर छत से टकरा जाये। असलाहघर के इंचार्ज का बेटा उसके साथ था। उसका नायब लगातार बोल रहा था।

—वह जो रिवाल्वर है जिसकी मूठ घूमी है—मूठ हाथी दाँत से बनी है। उसे ईस्ट इण्डिया कम्पनी के हुक्मरान ने सिराजुद्दौला के निजी तोपखाने से बरामद किया था। वह जो हथियार है उसे कारबाइन कहते हैं—इस राइफल से चली गोली यदि एक मील दूर खड़े शेर के माथे पर लग जाये तो किसी की हस्ती नहीं जो उसे बचा सके। यह जहर में बुझी डेढ़ सौ साल पुरानी तलवार। छू भी जाये तो आदमी जहरबाद से मर जाये। यह हथियार लार्ड क्लाइव के पास रहता था—विलायत से लाये, यहाँ छोड़ गये। अभी भी बरकरार है। इसे मलका विक्टोरिया ने जैपुर के राजा के पास तोहफे में भेजा था—लेकिन ये सब बच्चों के खेल की चीजें नहीं हैं। इन्हें तो बड़ों तक के लिए समझना मुश्किल है—इस जमाने में जिन हथियारों का चलन है उनके मुकाबले तो ये पासंग भी नहीं—फिर भी इनकी बड़ी महत्ता है!

अमरी के चेहरे से बिल्कुल नहीं लग रहा था कि वह सुन रहा है। सिर्फ देख रहा था। उसकी आँखों में तरह-तरह के रंग आ-जा रहे थे। वे सब इतने सजीले थे कि अमरी का चेहरा तमतमा रहा था। दरअसल जो खास बात थी वह यह थी कि उसे लग रहा था कि वे सब हथियार उसकी तरफ मुखातिब हैं। वह उन्हें देखे या वह सब सुने जो कानों में उड़ेला जा रहा था। यह बात शायराना लग सकती है। पर थी हकीकत। आखिर वह क्या करे? उनमें खो जाये या उन्हें समेट ले? वह हर एक हथियार में अपनी जान उलझी पाता था। उसे बार-बार वहाँ से निकाला जाता था और अगले हथियार तक ले जाया जाता था। वह फिर डुबकी लगा जाता था। जब वक्त हो गया और बाहर जाने की बारी आयी तो अमरी ने अपने

दोस्त और गाइडनुमा उस आदमी की तरफ ऐसे देखा कि बिछुड़ने से पहले एक बार इन सबसे गले मिल लेने दो ! इतनी ही देर में उसकी जान का भाँडा फूटकर उन सबमें बँट और बिखर गया । हीला-हवाला करके उसने उनके साथ और थोड़ा समय गुजारने की कोशिश की । लेकिन आखिरकार उसे उन अपने नये और नायाब दोस्तों से बिछुड़ना पड़ा । जितनी देर उसने उनके साथ गुजारी थी उसके लिए वह अपने उस दोस्त और उसके पिता के प्रति दिल से शुक्रगुजार था । उनके कारण ही वह हथियारों के उस स्वर्ग को एक नजर देख पाया था । उनके बीच खड़े होकर कायाकल्प के जिस अनुभव से गुजरा था वह अपने आपमें अद्वितीय था । उसने अन्दर ही अन्दर बहुत से संकल्प लिये थे ।

अमरी के नये दोस्त

जब भी वह अकेला होता तो वे सब हथियार असलाहघर से निकलकर एक-एक करके उसके चारों तरफ मँडराने लगते । रिझाते रहते । बतियाते रहते । उसे लगता जब तक वे उसके साथ हैं, सच्चाई उसके साथ है । वह एक ऐसे सागर में चढ़ता-उतराता जहाँ वे सब उसे रंग-बिरंगी मछलियों की तरह उसके इर्द-गिर्द तैरते मिलते । कभी वे उसे पकड़ने को दौड़ते और कभी वह ˙˙। उसके देखते-देखते वे सब डुबकी लगाकर एक तरफ से जाकर दूसरी तरफ निकल जाते । वह देखता का देखता रह जाता । वह उन सबको पकड़कर जाल में इकट्ठा करने के लिए लालायित था । उसे उन पर अन्तर्ध्यान हो जाने की अद्भुत कला आती थी । जब वह अपने आप में वापिस लौटता तो वह सोचता कि कहीं वह सब स्वप्न ही तो नहीं था । फिर वह इस सोच में डूब जाता कि उसे साकार कैसे किया जाय ? लेकिन उसे कोई ऐसा रास्ता न सुझाई पड़ता जो उसे उसकी मनचाही मंजिल तक पहुँचा सके ।

कई बार उसके दिमाग में आया कि अपने उस दोस्त के पास जाकर कहे कि वह एक बार फिर अपने उन नये दोस्तों से मिलना चाहता है। हो सकता है उनमें से कोई उसकी दोस्ती की दावत स्वीकार कर ले और उसके साथ चला आए। अगर किसी का मनचाहा दोस्त उसके साथ हो तो वह संसार का सबसे सुखी व्यक्ति हो जाता है। शायद वह भी हो जाय। तब वह दरोगा का बेटा न रहकर एक सच्चे साथी का दोस्त कहलायेगा। वह गया। लेकिन उसका जाना न जाना सब बराबर हो गया। पहले अधिकारी का तबादला हो चुका था। नया आ गया था। उसका वह दरवाजा जो उसे अपने नये दोस्तों के पास ले जा सकता था, बन्द हो चुका था। उसकी तड़-फड़ाहट कई गुना बढ़ गयी। उसने नये अधिकारी के बारे में पता लगाया। वह बूढ़ा खुर्राट था। न वह उससे ही दोस्ती गाँठ सकता था और न उसके घर में कोई ऐसी सन्तान थी जिसे वह अपना दोस्त बनाने का उपक्रम करता। उस तबादले के साथ अमरी की जिन्दगी का एक और अवसर खो गया था। फिर भी उसने हिम्मत नहीं हारी और वह असलाहघर के नये और बूढ़े खूसट अधिकारी के सामने जाकर खड़ा हो गया।

असलाहघर का नया अधिकारी

वह चकराया! उसने सन्तरी को बुलाकर डाँटा। यह लड़का यहाँ कैसे आया? सन्तरी कान दबाये खड़ा रहा। पुराने साहब के बेटे का दोस्त समझकर ही उसने उसे हरी झंडी दे दी थी। अमरी बड़े विनीत भाव से बोला, "मेरे पिता भी देश की सुरक्षा का काम करते थे। अब रिटायर होकर गाँव में भजन करते हैं!"

वह हँसा, "सुरक्षा का काम और भजन···!"

"जी, वे ईश्वर से डरते हैं।"

"डरपोक आदमी डरपोक ही रहता है! चाहे वह इन्सान से डरे या

ईश्वर से ! खैर तुम बोलो—क्यों आये ?"

"श्रीमान जी, मुझे हथियारों से बहुत प्यार है ! आपके पहले वाले अधिकारी ने अपने बेटे के साथ मुझे एक बार यह शस्त्रागार दिखवाया था ! उनका बेटा मेरा दोस्त था। मैं एक बार और देखना चाहता हूँ।"

वह अधिकारी हथियारों का उसके पिता से भी बड़ा हिमायती निकला। वह उस पर टूट पड़ा। उन हथियारों के मुकाबले इन्सान उसके लिए रुंगा-टुंगा थे। उसने उसे सीधे राह दिखा दी। डपटा अलग, "असलाहघर, तेरी महतारी की माँ का आँचल नहीं कि दुबक कर बैठ जायेगा। अबे कभी गलती से भी आसपास नजर न आना नहीं तो उस भजनी बाप का बुढ़ापा खराब हो जायेगा। ये हथियार या तो दुश्मन को दिखाये जाते हैं या सिपाही को। तुम क्या हो ?"

अमरी के पास मैदान छोड़ देने के अलावा दूसरा रास्ता नहीं था। उसके दिल में एक ऐसी कसक उतर गई कि उसकी चैन छितरा गयी। वह अधिकारी है ! उसे ऐसा क्यों कहना चाहिए था ?-मना कर देता। शायद उतना बुरा न लगता। यह सब कहकर तो उसने चोटों पर चोटें कीं। हथियारों को किसी बड़े आदमी के बगीचे के गुलाब बनाकर रखने वाला वह कौन होता है ? एक दिन मैं उसे दिखा दूँगा कि वह हथियारों को प्यार करता है या मैं···? उसे रह-रहकर यह लगता रहा कि काश वह असलाह-घर के अन्दर बन्द अपने उन दोस्तों को पुकार सकता और वे दरवाजे तोड़-कर उसके पास चले आते तो वह बता सकता कि प्यार का असली मतलब क्या है ? वह उनके साथ एक अच्छे दोस्त का फर्ज अदा नहीं कर पा रहा। चाहे वे सिराजुद्दौला के तोपखाने में रहे हों या लार्ड क्लाइव के सिरहाने —वे दोस्त हैं और ऐसे दोस्त जिनकी दोस्ती की कोई बराबरी नहीं हो सकती। वह लगातार अपनी कल्पनाओं में उड़ानें भरता था और उतर आता था। कल्पनाएँ घोड़े हो गयी थीं और इच्छाएँ परियाँ। वे आकाश में पतंगों की तरह छा गई थीं। उसके सामने एक ही सवाल था—वह क्या करे ?

उम्र का सवाल

अमरी ने सोचा शायद उसकी उम्र उसके इरादों को कामयाबी में बदलने में बाधक है। वह उम्र के बारे में सोचने लगा। जैसे ही वह इस उम्र को पार करके उस उम्र को पा लेगा तो उसके लिए उन चमत्कारी दोस्तों तक पहुँचकर उन्हें पाना आसान हो जायेगा? लेकिन जब वह उस उम्र में पहुँचा जिसका उसे इन्तजार था तो चीजें और मुश्किल होने लगीं। जिस उम्र को वह इच्छा करने और पाने की उम्र समझे बैठा था वहाँ पहुँचने पर वह उसे संघर्षों की एक विशाल वादी की तरह लेटी मिली। संघर्ष और असफलताएँ। सफलता भी थी। असफलताओं की अनगिनत पर्तों में लिपटी हुई। असफलताओं के अनगिनत नरमुंडों के बीच वह अपना नरमुंड लिये अकेला खड़ा था। उनसे उबरने में ही उसकी सारी ताकत खर्च हो रही थी।

इस पर भी वे सब दोस्त—हाथी-दाँत का मूठवाला पिस्तौल, क्लाइव द्वारा छोड़ा गया वह हथियार, जहरबुझी तलवार—चिरागों की तरह टिम-टिम करते नजर आते थे। जितना वह उनकी तरफ बढ़ता था उतना ही वे आगे सरक जाते थे। एक बेतहाशा दौड़ का सिलसिला था। उसके पैर मचका खा जाते। कहीं वह दौड़ता ही न रह जाये। फिर उसके वे दोस्त दीपक न रहकर मालिकों की शक्ल अख्तियार कर लेते। दोस्तों का मालिक बन जाना सबसे अधिक भयावह होता है। उफ़! मित्रता का सम्पूर्ण मिजान हरहराकर ढह जाता। कहीं कुछ नहीं, न मित्रता और न उसकी कल्पना—और न स्वप्नों का वह सिलसिला···!

किस्सा पिता की बहादुरी का

ले-देकर एक जुगाड़ बैठा। चानमारी के पास जो नई बस्तियाँ बनी हैं उनमें उसके पिता के एक दोस्त रहते थे। पढ़ने आया था तो पिता ने अपने उसी दोस्त के नाम चिट्ठी देकर भेजा था। हॉस्टिल में जगह मिलने से पहले के बहुत से दिन उसे अपने पिता के उसी दोस्त की बरसाती में गुजारने पड़े थे। पिता का वह दोस्त पुलिस विभाग से बाहर का आदमी था। दरोगा की हैसियत से अमरी के पिता ने उस पर कुछ अहसान किये थे। आदमी पुराना था। भुला नहीं पाया। स्वभावतः जब अमरी मेहमान बना तो वह उसके सिर आँखों पर रहा। जब तक वह उसका मेहमान रहा तब तक वह सगों से भी ज्यादा सगा बना रहा। बराबर समझाता-बुझाता रहा, "बेटा पढ़ो, पढ़कर कुछ बनो। तुम अपने पिता को नहीं जानते। अगर कहीं उतना पढ़े-लिखे होते—कहीं के कहीं पहुँच गये होते! इतने पर भी सिपाही से भरती होकर दरोगाई तक जा पहुँचे। जानते हो अपने बाप की हिम्मत! एकदम बेमिसाल था। एक बार आई० जी० का डाकू उन्मूलन कैंप बीहड़ों के एक डाक बंगले में लगा था। शाम को आई० जी० टहलने निकले। तुम्हारे पिता उनके बाडीगार्ड थे। रास्ते में एक डाकू से सामना हो गया। डाकू भी खूंखार और कातिल था। आई० जी० अंग्रेज था। डाकू अपनी भाषा में बोल रहा था—तू अपना कैंप हटा ले—। आई० जी० कहता रहा व्हाट—व्हाट? पीछे घूमकर देखा तो बाडीगार्ड भी गायब मिला। अब तो आई० जी० साहब का पसीना छूटने लगा। उसे लगा बाडीगार्ड डाकू से मिल गया। इतने में तुम्हारे पिता जी डाकू के पीछे से घूमकर, छिपते-छिपाते, दबे पाँव आते दिखायी दिये। मुँह पर उँगली रखकर आई० जी० से कुछ भी बोलने को मना कर दिया। आव देखा न ताव, अपना हथियार निकाला, चूमा और डाकू को वहीं ढेर कर दिया। आई० जी० ने दौड़कर गले लगा लिया। वे आई० जी० साहब से बोले—जल्दी से भाग चलिये—पता चलते ही और डाकू आकर घेर लेंगे। आई० जी० ने ऐसी दौड़ लगाई कि पीछे मुड़कर नहीं देखा। डाक बंगले पहुँचकर ही साँस ली। तुम्हारे

पिता पीछे घूम-घूमकर स्थिति का जायज़ा लेते जा रहे थे। जब कोई बड़ा आदमी जान बचाने के लिए दौड़ता है तो तुम समझ सकते हो कि उसका क्या हश्र होता होगा।

"डाक बंगले पर पहुँचकर आई० जी० ने टूटी-फूटी हिन्दी में पूछा, 'तुम क्या चाहता है ?'

"पता है तुम्हारे पिता ने क्या जवाब दिया ? 'हुज़ूर—बस यह तमंचा। जिसके चलते सरकार की जान बची ! जब तक जीऊँ इसे अपने पास रखूं—जिससे यह हथियार हमेशा जिन्दगी का हिस्सा बना रहे।'

"आई० जी० पहले तो चक्कर में पड़े। एक तो हेड कांस्टेबल-अंगरक्षक ! जैसे ही इस पद से हटेगा वैसे ही हथियार जमा करना पड़ेगा। दूसरे हाई बोर का सर्विस रिवाल्वर ! लेकिन बात हार चुके थे। दरोगा के पद पर तुम्हारे पिता की पदोन्नति कराई। वह रिवाल्वर अपने हाथ से सुपुर्द किया—पता नहीं फिर क्या हुआ ?"

रिवाल्वर की कहानी अमरी की समझ में आ गयी थी। बचपन की उस घटना के लिए अपने पिता को उसने उस समय तक माफ नहीं किया था। कभी-कभी ध्यान आ जाता तो पेटी के वे सब निशान टीसने लगते थे। लेकिन यह सब सुनने के बाद उसने अपने पिता को उस इल्ज़ाम से बाइज्ज़त बरी कर दिया। जब तक वह वहाँ रहा अपने पिता के दोस्त से अक्सर उनकी बहादुरी के किस्से सुनता रहा। दरअसल दरोगा उसके पिता से ज्यादा अपने दोस्त का हीरो था। इसलिए अपने दोस्त दरोगा की बात करते कभी उसका मुँह नहीं दुखा। अमरी को भी पहली बार पता चला था कि अपने जमाने में उसका बाप कितना जाँबाज था। अपने पिता के बारे में उसका नजरिया ही बदल गया। असलाह के प्रति अपने पिता के प्यार ने उसे इतनी प्रेरणा दी कि वह सराबोर हो गया। अगर वे सामने होते तो हो सकता था वह उनके पैरों से लिपट गया होता…!

एक बात अमरी की समझ में अलबत्ता नहीं आयी थी। अगर उसके पिता आलिम-फ़ाज़िल हुए होते तो क्या बिना असलाह पर महारत हासिल किये वहाँ पहुँच जाते जहाँ वे पहुँच गये थे। कतई नहीं ! उसने

कहा नहीं। सोचा ज़रूर ! कहने पर हो सकता था उसके पिता के दोस्त बात को किसी और तरफ घुमा ले जाते !

चानमारी का संगीत

पिता की उस शौर्य-गाथा ने हथियारों के प्रति भटकती उसकी आत्मा को और बेचैन कर दिया था। हर इतवार को चानमारी मैदान में हथियार गरजते थे। उन आवाजों को सुनकर उसे लगता था कि उसका साक्षात्कार किसी अलौकिक संगीत से हो रहा है। वह बेखुदी में इतना डूब जाता था कि उसे इतना भी पता नहीं रहता था कि वह कहाँ जा रहा है। जब तक चानमारी-मैदान के चारों ओर लगे गारद के सिपाही उसे खींचकर हटाते नहीं वह होश में नहीं आता। उसे डाँटते—'अबे जान देगा क्या—इधर से घुसकर उधर से निकल जायेगी।' इस बात पर लोग हँस देते।

उसका मन बोलता कि कह दे कि उसे वहाँ जाने से मत रोको। एक अलौकिक संगीत मेरे साथ चल रहा है। वही मेरा कवच है। लेकिन वह अपनी बात कहने की जगह गारद की बात सुनकर धक्क-से रह जाता। क्या यही हैं वे लोग जो हथियारों को सीने से चिपकाये घूमते हैं? बौछारों की तरह निरंतर आते उस संगीत में वह फिर डूब जाता। आगे बढ़ता। फिर रोक दिया जाता। गारद की बड़बड़ाहट फिर चालू हो जाती, "आबादी बाढ़ के पानी की तरह बढ़ रही है। अंग्रेजों की सारी स्कीम फेल कर दी। चानमारी के जिस मैदान को शहर से दो मील दूर बनाया वह साला शहर के अन्दर आ धंसा। लोग मरने तक से नहीं डरते। गोलियाँ चल रही हैं, निशाने लग रहे हैं—ये साले सीना खोले मरने के लिए उतावले हैं जैसे यहाँ आज़ादी की लड़ाई की शूटिंग चल रही हो। लोग तो उसमें से भी बचकर निकल आये। मरना ही है तो कहीं और जाकर मरो या आज़ादी की अगली लड़ाई का इन्तज़ार करो। हमें क्यों फाँसते हो !

साले आदमी न हुए टैंक हो गये। अंग्रेज की गोली से लोगों की चिरती थी—हिन्दुस्तानी की गोली जैसे गोली नहीं…!"

अमरी को समझ जाना पड़ा कि ये यमदूत उसे संगीत के मुहाने तक नहीं जाने देंगे। वह बैठ गया। गोलियों का वह संगीत रह-रहकर उस पूरे वातावरण को बच्चे की तरह उछालकर ऊपर ले जाता था और फिर हाथों पर गुथ लेता था। वह आँख बचाकर बैठा ही बैठा खिसक रहा था। इतने नजदीक तो पहुँच ही गया था कि चानमारी वाले लोग उसकी दृष्टि की परिधि के अन्दर आ जायें। वह यह देखकर चमत्कृत था कि किस तरह लोग अपने हथियारों को उठाते हैं, पोंछते हैं, गोलियाँ भरते हैं, बन्द करके नाल को धीरे-धीरे निशाने की तरफ मोड़ देते हैं—पहले एक बिन्दु पर थमते हैं और फिर अपनी सम्पूर्ण आत्मा को उस बिन्दु पर केन्द्रित करके घोड़ा दबा देते हैं। लपट-सी निकलती है और गोली निशाने को बेध डालती। पूरा वातावरण उस संगीत से ऐसे भर जाता है जैसे कहीं बाँध टूटा हो। यह प्रक्रिया घंटों चालू रहती है और वह उसी में खोया हुआ बैठा रहता है।

चानमारी का मैदान और प्रेमिका

हास्टिल चले जाने के बाद भी अमरी चानमारी के दिन मीलों साइकिल चलाकर पहुँचता था। वह एक ऐसा अनुभव होना था जो रिक्त दिनों में भी उसके अन्दर जिंदा रहता था। उसके मुकाबले वास्तविक संगीत उसे अजीब कसैला और बेसुरा लगता। जब तक बजता रहता तब तक उसके धैर्य की परीक्षा होती रहती। वह उसके विरुद्ध शिकायत करता। उसका मजाक उड़ाता। बस चलता तो बन्द भी कर देता। अपने इस स्वभाव के कारण वह अपने साथियों तक से कटता जा रहा था। उसे सबसे ज्यादा सकून अगर कहीं मिलता था तो उसी मैदान में। तभी वह

जीवित और सक्रिय होता था। गारद लोग उसे पहचानने लगे थे। उससे मजाक करते थे—अगर यहाँ पर चलने वाली गोलियों की ठूँ-ठाँ में तुम्हें संगीत नजर आता है तो लाम पर चलने वाले तोपों के गोलों की आवाज़ें तो तुम्हें राजा इन्द्र के दरबार का मजा देती होंगी। वह बोलता तो कुछ नहीं परन्तु उनके द्वारा कही गयी बात को वह गहराई से समझने की कोशिश करता। क्या वाकई वह लाम की उस सर्वोच्च स्थिति तक पहुँच पायेगा जहाँ इतने हथियार एक साथ मुखर होते हैं ! कितना अद्भुत होता होगा। कल्पना मात्र से वह भावातीत स्थिति को प्राप्त हो जाता।

उसी चानमारी मैदान के आसपास ही उसे अपनी प्रेमिका भी मिली थी। वह पिता के मित्र के घर के पास ही रहती थी। देखा-देखी तो तभी शुरू हो गयी थी जब वह पिता के दोस्त की बरसाती में मेहमान था। दखलअन्दाजी बाद में बढ़ी। शुरू में तो किताब और कापी माँगने के बहाने रप्त-जब्त ही हुआ था। एक ही क्लास और एक सेक्शन में होने के कारण यह बहाना काफ़ी दिनों तक चला। पहचान की सीढ़ी बाद में चढ़े। अमरी का मन पढ़ने में कम था और हथियारों में ज्यादा। इसलिए पढ़ाई की बहुत-सी बातों के लिए उसे अपनी प्रेमिका पर निर्भर करना पड़ता था। शायद उसकी जरूरत भी उसे इसीलिए पड़ी थी। कभी वह आगे होती तो अमरी पीछे। और कभी वह आगे होता और प्रेमिका पीछे। करीब-करीब यही रिश्ता उसका अपने सपनों के साथ भी था। प्रेमिका के हृदय में करुणा थी। जब वह दयनीय चेहरा लिए उसके सामने जाता था तो वह सब कुछ न्यौछावर कर देती थी। नोट्स से लेकर प्यार तक। अमरी को उसके चेहरे और सुलेख में कभी कोई फर्क नजर नहीं आया। चेहरा देखकर उसे नोट्स याद आते और नोट्स देखकर उसका गोल चेहरा और बड़ी-बड़ी सही जगह पर बैठी आँखें। उसकी समझ में यह कभी नहीं आया कि लड़कियों का चेहरा और हस्तलेख एक से क्यों होते हैं? क्या वे शीशा सामने रखकर लिखने की मश्क करती हैं ? जो भी हो ! कई बार जब वह अपने सपनों में कई-कई दिनों तक रहता था तो प्रेमिका को ही उसके लिए नोट्स भी उतारने पड़ते थे। उन नोट्स को वह अपने साथियों की नजर से हरचन्द छिपाता था। नहीं तो सब शहद की मक्खी बनकर उसी से चिपक जाते। नोट्स देते

समय वह उसे सीख भी दे देती थी—दिखाते मत घूमना। कभी कहो चन्दा ने उतारे हैं। क्योंकि लड़कों का कुछ पता नहीं चलता।

"इसका मतलब लड़कियों का सबको पता रहता है!"

उसकी इस बात पर चन्दा हँस देती। हँसना उसे अन्दर तक तरोताजा कर देता!

प्रेमिका का मोह-भंग

कालिज के लड़के अमरी की प्रेमिका चन्दा को 'चानमारी का निशाना' या 'टारजेट' कहते थे। कुछ लड़के जो दूसरी तरह से सोचते थे वे निशाना न कहकर निशानाबेध गोली के नाम से पुकारते थे। शुरू-शुरू में प्रेमिका को शक था कि अमरी चानमारी मैदान तक उसी के लिए आता है। वह कभी-कभी नखरा भी करती थी—हर चानमारी के दिन तुम्हारा यहाँ आना ठीक नहीं। लोग क्या कहेंगे? स्कूल में तो मिल ही लेते हैं। हालाँकि वह भी रुक नहीं पाती थी। आने का वक्त होते ही साइकिल का हैंडिल स्वतः मोड़ देती थी। वैसे उसे गोलियों का चलना और टीले से टकराना कभी अच्छा नहीं लगा। अमरी उसे आता देखकर खुश हो जाता। चलो अच्छा है, आ गयी। अपनी आँखों से देखेगी कि चानमारी क्या चीज होती है। चानमारी मैदान के पास रहकर भी, जो चानमारी न देखे उसे क्या कहा जाय! लेकिन जब वह लगातार बोलती जाती तो वह दुखी हो उठता था। उसकी एकाग्रता भंग होने लगती थी। लेकिन प्रेमिका प्रेम के इजहार से लेकर, माता-पिता की डाँट-फटकार, दोस्तों की चुहल, सब्जी का स्वाद आदि तक सब कुछ बताने को उत्सुक रहती थी। अमरी उस दिव्य संगीत से साक्षात्कार करते हुए इस तरह की किसी भी सांसारिक बात को महत्त्व देने के विरुद्ध था। इसलिए बीच-बीच में वह मुँह बन्द रखने का इशारा करता रहता था।

जब वह आजिज आ जाती तो पूछती, "अगर निशाना चूक जाय और गोली आकर मुझे लग जाय तो तुम क्या करोगे ?"

यह सवाल घुमा-फिराकर अकसर उसके सामने रखा जाता रहा था। पहले-पहल जब इस सवाल से उसका सामना हुआ तो इसका स्वरूप बिलकुल भिन्न था, "मान लो प्रेमी-प्रेमिका बैठें हों। एक गोली आकर प्रेमिका का सीना छलनी कर दे तो प्रेमी क्या करेगा ?" चूँकि यह सवाल सामान्य वर्ग का था। इसलिए उसने उसका सामान्य ही जवाब दिया, "ऐसा सामान्यतः होता नहीं—होगा भी तो सबसे पहले प्रेमी प्रेमिका को लेकर अस्पताल की तरफ दौड़ेगा—उसके बाद गोली चलाने वाले से निबटेगा।"

ऐसा जवाब प्रेमिका को कोई खास खुशी पहुँचाने वाला साबित नहीं होता था। उसको सुनकर शायद ही कभी प्यार-भरी नजर से उसने अमरी की तरफ देखा हो ! लेकिन जब से वह सामान्य वर्ग का सवाल व्यक्तिगत स्तर पर विकसित हुआ था तब से अमरी की परेशानी बढ़ गई थी। वह कई बार समझा चुका था, "तुम्हें इस तरह की बातें नहीं सोचनी चाहिए। यह हथियार और हथियार को प्यार करने वाले लोगों के प्रति तुम्हारी ज्यादती है। हथियार तब तक धोखा नहीं देता जब तक मजबूरी ही न हो जाय। यही बात हथियारों को प्यार करने वाले इन्सानों पर लागू होती है। जहाँ तक इन लोगों के हाथों का सवाल है वे इतने सधे हुए होते हैं कि निशाना कभी नहीं चूकते। चूकते भी हैं तो सूत-भर इधर या उधर ! वैसे भी तुम या मैं उनका निशाना नहीं हैं। अगर तुम उनके सामने जाकर खड़ी भी हो जाओ तो उनके हथियार झुक जायेंगे। सामान्य लोगों के लिए उनके दिलों में सम्मान ही सम्मान होता है बशर्ते कि उसका ताल्लुक किसी गुनाह से न हो। वैसे भी तुम इतनी दूर हो कि यह संभव ही नहीं, निशाने की तरफ जाती हुई गोली मुड़कर तुम्हारी तरफ आ जाय। अगर इधर आयेगी तो वह तुम्हारा सीना ही क्यों छलनी करेगी—किसी का भी कर सकती है—मेरा भी—"

वह तपाक से मुँह पर हाथ रख देती थी, "ऐसा क्यों कहते हो—लगे तुम्हारे दुश्मनों को।" मुँह पर हाथ रखते हुए और यह कहते हुए उसके चेहरे पर शिकायत कम, तृप्ति ज्यादा होती थी।

अमरी से बिना कहे न रहा जाता, "तो तुम मेरी दुश्मन हो—तभी बार-बार अपने गोली लगने की बात कहती हो !"

"हटो, हम तुमसे नहीं बोलेंगे !"

अमरी को चन्दा का यह सब मक्कर अच्छा तो बहुत लगता था। अच्छा लगने से ज्यादा उसका नुकसान हो जाता था। उस दिव्य संगीत की सम्पूर्ण भाव-भूमि और सपनों का बनता ताना-बाना उलट-पुलट जाता था। इस संवाद के दौरान सैंकड़ों गोलियाँ चल चुकी होतीं और टारगेट बिंध चुके होते। हथियारों के दहानों से निकली अनगिनत लपटें तेज फलदार छुरे की तरह वातावरण को चीरकर उसमें अपनी गंध भर देतीं। जब वह दोबारा वहाँ लौटता तो उसे लगता कि गोलियाँ तो जो चलीं सो चली हीं, उसने वक्त के कितने ही कीमती संगीतमय क्षण खो दिये। निशानेबाज जब अपने-अपने निशानों के हिसाब लगाते होते—कितने लगे और कितने चूके—कुछ लोग अपने-अपने हथियारों को अपनी गाड़ी पर रखकर चल देते—रह-रहकर वातावरण को तरोताजा कर देने वाली वह गंध बासी पड़ने लगती। वह जाता और वहाँ पड़े खोखे उठाकर सूँघता। उलट-पुलटकर देखता—और देर तक उसी में खोया खड़ा रहता।

चन्दा का रूठना

इन्हीं बातों से चन्दा रूठ जाती। उसकी समझ में नहीं आता कि वह उन बदबूदार खोखों को सूँघकर क्या पाता है? इस दुनिया में सूँघने के लिए चीजों की क्या कमी है? वह स्वयं कितनी तैयारी से आती है? एक बार उसने सीधे स्वभाव पूछ भी लिया था, "इन बदबूदार खोखों को सूँघकर तुम्हें क्या मिलता है? यह बदबू तुम्हें क्या इन्सानों की गन्ध से भी ज्यादा अच्छी लगती है।"

वह पहली बार चन्दा पर बिगड़ा था, "खबरदार, जो तुमने कभी इस

बारे में मुँह खोला। मीलों साइकिल चलाकर मैं इस संगीत को सुनने और इस अलौकिक गंध को अपने अन्दर भरने के लिए आता हूँ। आदमी की गंध से इस गंध की कोई बराबरी नहीं। मेरे इन प्रेरणा के स्रोतों के बारे में भूलकर भी कभी कुछ मत कहना···।"

"तो तुम मेरे लिए नहीं आते ? इस ठूँ-ठाँ के लिए आते हो ? इस धुएँ को फेफड़ों में भरने आते हो जिससे सारा पर्यावरण दूषित हो रहा है ! बस्ती वाले लिख-लिखकर मरे जा रहे हैं कि इस चानमारी मैदान को यहाँ से कहीं और ले जाओ—तुम कहते हो—यह गंध आदमी की गंध से भी बेहतर है।"

"बस्ती वाले मूर्ख हैं, दीवाने हैं—वे क्या जानें हथियारों का रोमांस कितना सात्विक है—उनको प्यार करना कितना बड़ा आदर्श है ! हथियारों के प्यार के मुकाबले इंसानी प्यार ऐवज में कितना कुछ चाहता है।"

प्रेमिका ने सुना और मुड़ गयी। वह एक ऐसे बच्चे की तरह रोती हुई लौट पड़ी जिसके खेल-खिलौने उसके अपने साथियों ने तोड़-फोड़ दिये हों। अमरी उसका लौटना एकटक देखता रहा। उसके हथेली पर चली हुई गोलियों के खाली खोल उसी तरह रखे थे। वह निर्णय नहीं कर पा रहा था कि वह उनका क्या करे ? उसे सबसे पहले नोट्स का ही ध्यान आया···वह अब नोट्स नहीं देगी ! प्रेमिका का रोना जारी था—और निश्चित ही कुछ देर तक उसी तरह जारी रहा होगा !

कर्नल की दावत

पहले कुछ दिन तक तो उसे यही मलाल रहा कि उसने अपनी एकमात्र प्रेमिका को खो दिया। उसने कालिज में उसका पीछा किया। लेकिन चन्दा ने कनखी आँखों से देखा और अनदेखा कर दिया। जब उसने देखा कि वह अपनी प्रेमिका अपने ही हाथों खो चुका तो उसने उधर से उपराम

हो जाने की सोची। उसे लगा कि कहीं ऐसा न हो कि वह इसी चक्कर में उस अलौकिक संगीत को भी न खो बैठे। जब चनमारी मैदान गया तो उसे महसूस हुआ कि चानमारी के उस अनन्त सुख के अलावा भी उसका ध्यान बाँटने वाली एक और वस्तु है। रह-रह कर वह इधर-उधर देखता। कई बार उसे लगा कि चन्दा आयी, साइकिल से उतरी और उसे ठेंगा दिखाकर चली गयी। इस बात से उसका आहत होना स्वाभाविक था। शुरू-शुरू में तो वह बहुत आहत हुआ। लेकिन कुछ दिनों बाद उसे एक अयाचित उपलब्धि हो गयी।

उन चानमारों में से एक चानमार अतिरिक्त रूप से संवेदनशील था। वह रोज़ अमरी और उसकी प्रेमिका को उसी जगह बैठे देखता था। कई दिन से उसे अकेले और उदास बैठे देखकर उसे न जाने क्यों लगा कि उस नौजवान को बुलाकर बात की जाय। गार्ड को इशारा करके उस अकेले बैठे नौजवान को बुलाकर लाने के लिए कहा।

गार्ड ने आकर उसके कंधे पर उतनी ही नजाकत से हाथ रखा जितना बड़ा कि वह बुलाने वाला आदमी था, "लो बाबू, खुल गयी किस्मत, कर्नल साहब ने याद किया है।"

अमरी डरते-डरते गया। कर्नल काफी अलमस्त आदमी था। अंग्रेजी में बोला, 'वेल यंग मेन—तुम हर चानमारी के दिन आकर यहाँ क्या देखता है?"

वह घबराया। बात तो समझ गया पर अंग्रेजी में जवाब देने के लिए शब्दों की तरतीब नहीं सूझी। हिन्दी में ही बोला, "सर, चानमारी देखता हूँ—देखना अच्छा लगता है।"

कर्नल हँसा, "यह डरने का चीज है, अच्छा लगने का नहीं।"

उसका आत्मविश्वास लौट रहा था। वह बोला, "डरने की चीज तो साँप भी है—लोग पकड़ते भी हैं और उसे प्यार भी करते हैं।"

"तो तुम चानमारी से प्यार करता है?"

"नहीं!" हथियार की तरफ देखते हुए कहा, "हथियारों से!"

"हथियार तुम्हारा गर्लफ्रेंड को भी पसन्द है?"

"जी नहीं, उसे डर लगता है, बदबू आती है..."

"फिर तुम लोग दोस्ती कसे बनाता है ?"

"दो-तीन दिन से नाराजगी हो गयी !"

"मुझे तुझसे दिली सहानुभूति है !" कहकर हँस दिया। उसमें हँसी के अलावा कुछ और भी था।

हालाँकि अमरी को उसकी बात से काफी सहारा मिला था पर उसका इस तरह हँसना अच्छा नहीं लगा था। वह अपने आप ही बोला, "क्या मैं आपके इन हथियारों को छू सकता हूँ ?"

कर्नल ने हथियार उसकी तरह बढ़ा दिये। हथियारों को हाथ में लेकर देखने का उसका पहला अवसर था। वह बुरी तरह रोमांचित हो आया था। आँखों में तरलता और धुंधलापन उतर आया था। वह या तो उनके अन्दर उतर जाना चाहता था या उन्हें अपने अन्दर उतार लेना चाहता था। उसमें अद्धी बन्दूकें भी थीं। राइफलें भी। पिस्तौलें भी। अद्धी बन्दूकें 'टारगेट' हिट करने में खूब काम आती थीं। और भी कितनी ही तरह के हथियार थे।

कर्नल ने उसे एक-एक के बारे में विस्तार से समझाया। वह खुश था। कुछ चानमार अपने हथियार अपने साथ लाते थे और कुछ वहीं से लेते थे। कर्नल ने उसे उन हथियारों को चलाना भी सिखाया। शुरू-शुरू में उसके हाथ काँपे। जिस दिन उसकी पहली गोली ने निशाना बेधा उस दिन उसकी खुशी सागर बन गयी। वह उसमें कई दिन तक तैरता रहा। कर्नल ने उन सब चानमारों को बुलाकर दिखलाया जो कर्नल के इस तरीके से नाखुश थे। उनके मुँह उतरे थे और जबान बन्द थी।

रक्तपात

कुछ ही दिन यह सिलसिला चला होगा कि उसे अपने दरोगा बाप की चिट्ठी मिली। दरोगा अपने बेटे से मिलने को उत्सुक था। वह भावुक हो

उठा और गाँव चला गया। लौटने में उसे दो-चार दिन की देर हो गयी। जब लौटा तो कर्नल नहीं था। पूछताछ करने पर पता चला कि उसका तबादला हेड क्वार्टर हो गया है। कर्नल के चले जाने के बाद वह हजार अकेलों का अकेला हो गया। जो लोग बचे थे वे वही लोग थे जो उसे कर्नल के साथ चानमारी करते देख मुँह बिचका लेते थे। उसे अपनी किस्मत पर रोज रुलाई आती थी। दोनों ही बार उसने अपने हाथों खींची लकीरें अपने आप मिटाईं। एक बार प्रेमिका को फटकारकर! दूसरी बार बाप के बुलाने पर भावुकतावश घर जाकर। उसने अपनी कमंद अपने आप काट डाली। कर्नल रहता तो हो सकता था उसे किसी के सुपुर्द कर जाता या साथ ले चलता। हो सकता शा उसकी जिन्दगी में ऐसा दिन भी आ जाता जब वह अपने दोस्त के पिता की तरह असलाघर का इंचार्ज बन जाता। तब उसके चारों तरफ हथियार ही हथियार होते! उसकी खुशी का ठिकाना न रहता। मुगल बादशाहों के पास बेगमों का हरम होता था। उसके पास हथियारों का हरम होता। वह उनके साथ नाचता, गाता, सोता—उन्हें कभी अपने से दूर न होने देता। लेकिन अब कुछ नहीं हो सकता था। फिर भी उसने वहाँ जाना जारी रखा। शायद कभी कर्नल जैसा कोई बन्दा आ जाय और उसे फिर उसी राह से लगा दे। वह तब तक जाता रहा जब तक उस नगर में उसका दाना-पानी रहा। लेकिन न कर्नल आया और न उसके जैसा कोई आदमी! वह जरूर अपने जैसा बना रहा। उसी हालत में वह हर रोज वहाँ मौजूद मिलता था।

एक बात जरूर थी। कर्नल से मिला वह अनुभव उसके हाथों, कंधों और सीने पर हथियारों के संस्पर्श के रूप में अपनी सम्पूर्ण गर्माहट के साथ हरदम मौजूद रहता था। फर्क इतना ही था कि हर रोज ताजा करने के बावजूद वह उसे फिर से जीने की स्थिति में वापिस नहीं ला पाता था। एक बार ऐसा जरूर हुआ कि उसके साथियों ने हथियारों के प्रति उसकी बेचैनी का अन्दाज लगाकर कहीं से उसे कट्टा ला दिया। उसने उसे हाथ में लिया, हिलाया-डुलाया, देखा और वापिस लौटा दिया। उसे देखते ही उसके दिमाग में बहुत ही वाहियात और भदेस किस्म की बातें कौंध गईं। यहाँ तक कि पिता भी। प्रेमिका के जाने के बाद उसका सब कुछ चला

गया था । वह दुखी होते हुए भी सहज था । लेकिन इस कट्टे को देखकर उसके मन में गालियों का एक लम्बा-चौड़ा प्रवाह हिलोरें लेने लगा । वह खामोश रहा । फिर भी उसे लगा एक सुन्दर किशोर देह की जगह उसकी बाँहों में हमेशा एक बदशक्ल और अनुत्तेजक देह डाली गई है । वह उसका क्या करे ?

उसके साथियों ने बहुत समझाया कि जो कुछ करना है वह इस कट्टे के द्वारा करके मन की निकाल ले । भड़ास का दबाना इन्सान को विस्फोटक बना देता है । घरवाली या प्रेमिका के अभाव में लोग 'टखियाई' के यहाँ जाते ही हैं । वे सब बातें उसके सौंदर्य-बोध का रक्तपात कर रही थीं । वह बिना बोले उन सब बातों को पी गया । जब वे लोग उसके कमरे से चले गये तो उसने दरवाजा बन्द करके कुंडी लगा ली । उसने अपने अन्दर के उस रक्तपात को बाहर नहीं फैलने दिया ।

प्रेमिका रोई क्यों

अमरी के हथियार-प्रेम के चक्कर में उसकी प्रेमिका की बात बीच ही में रह गई । उसका गुस्सा बहुत दिन तक जिन्दा नहीं रहा था । रहने की बात भी नहीं थी । इस तरह के संबंधों के चलते मन तो मन, देह तक का हर हिस्सा अपनी तरह से बेचैनी महसूस करने लगता है । अन्दर की भावनाएँ बाहर आना शुरू कर देती हैं । हाथ, पाँव, होंठ···यानी हर कोई अपना विद्रोह बड़ी मुस्तैदी के साथ करता है । उच्छृंखल धार की तरह, किसी भी कोर-किनारे को तोड़कर बह निकलने की स्थिति बार-बार आने लगती है ।

चन्दा पहले तो बिफरी रही । मैं लोकलाज छोड़कर इस मरदूद के लिए आती हूँ और यह मेरे लिए नहीं आता । वह इन गोलियों के लिए आता है जो इन्सान और उसके प्रेम की सबसे बड़ी दुश्मन हैं । उस बदबू

के लिए आता है जो मौत की गंध से भरी रहती है। उस ठूँ-ठाँ के लिए आता है जो कानों को बहरा कर देने पर आमादा रहती है। लेकिन यह सब बहुत दिन तक नहीं बना रह सका। किनारा टूटा और धारा फूट पड़ी। कर्नल जा चुका था। अमरी उदास था। ऐसे में चन्दा से बिछुड़ने की छटपटाहट और भी ज्यादा बढ़ गई थी। एक दिन पास से गुजरते हुए चन्दा ने कुछ इस तरह कहा कि वह सुन ले "शाम को कालिज बन्द होने के बाद गेट पर मिलना!"

उसे चन्दा का वह निमंत्रण बढ़ी हुई नदी के पाट पर तिनके की तरह बहकर आता हुआ नज़र आया। हालाँकि उसके घंटे खाली थे। चंदा से मन-मुटाव के बाद, जब से उसने सेक्शन बदलवाया था उसे जल्दी आना पड़ता था और दो-तीन घंटे खाली रहकर अगली क्लास का इन्तजार करना पड़ता था। उन खाली घंटों को वह हथियारों के काल्पनिक हरम में रहकर गुजारता था। बीच-बीच में जब वह बरांडे या कारीडोर से किसी लड़की को जाते देखता तो चन्दा जग उठती थी और काफी देर तक उसके साथ आँखमिचौनी का खेल खेलती थी। जब से चन्दा ने उसे मिलने की दावत दी थी तब से उसके लिए दिन काटना दूभर हो गया था। वह बरगद के पेड़ के नीचे उठंगा बैठकर चन्दा के बारे में सोचता रहा था कि आखिर उसने उसे क्यों बुलाया? या फिर हवा के उस सागर में तैरते हथियार उसे बड़े होते बच्चों की तरह नजर आते रहे थे। वह उन्हें आँखों के सामने से निकलते देखता। हाथ बढ़ाने के बावजूद छू तक न पाता। बस एकमात्र यही संतोष था कि कुछ ही घंटों में उसकी प्रेमिका एक लम्बे अन्तराल के बाद उससे मिलेगी। हो सकता है शिकवे-शिकायत भी करे। अगर उसने किये तो वह भी करेगा। क्योंकि उसके पास भी कहने को बहुत कुछ है।

वह आधा घंटा पहले ही दरवाजे के पास लगे मौलश्री के पेड़ के नीचे खड़ा हो गया। जब वह आई तो वह उस पेड़ की छाल को टीन की पत्ती से खुरच रहा था। गीलेपन के अलावा पेड़ के नीचे की सफेद-सफेद हड्डी दिखाई पड़ने लगी थी। वह आई और चुपचाप खड़ी हो गई। अमरी ने उसकी तरफ देखा तो उसे लगा वह कोई उदास परी है। न जाने क्यों वह हड़बड़ा गया। उसकी हड़बड़ाहट से प्रेमिका हँस पड़ी। अमरी ने सोचा भी

नहीं था कि वह इस तरह हँस देगी। वह सोच रहा था वह रोयेगी! उसकी मुस्कुराहट वापिस लाने के लिए उसे पर्याप्त संघर्ष करना होगा। प्रेमिका हँसी तो प्रेमी भी हँस दिया। वह प्रेमिका की हँसी की प्रतिध्वनि ही थी। प्रतिध्वनि उत्पन्न करने वाली हँसी सहजता का अद्वितीय नमूना होता है। दोनों सहज हो गये।

प्रेमिका ने ही पहला सवाल किया, 'तुमने सेक्शन क्यों बदल लिया ?"

उसका मन हुआ कि वह मुँहतोड़ जवाब दे। लेकिन वह बोलचाल के इस सिलसिले को बन्द नहीं करना चाहता था। लड़की होने के कारण, न चाहते हुए भी, किसी भी बात पर नाराज़ हो सकती थी। नाराज़ होने पर लड़कियाँ चाहे प्रेमिकाएँ हों या पत्नी, तत्काल चलना शुरू कर देती हैं। वही फिर बोली, "तुम बीच में कई दिन कालिज भी नहीं आये ?"

"दरोगा जी की चिट्ठी आ गइ थी—घर जाना पड़ा।"

"दरोगा जी कौन ?"

"वही जिन्होंने बचपन में पेटी से मारा था !"

"तुम्हारे पिताजी !"

"हाँ, पर मुझे अब उनसे कोई शिकायत नहीं···"

वह बीच ही में बोली, "मैं समझी तुम नाराज़ हो।"

"नाराज़ तो तुम हो···"

"तुम्हारा वह भूत उतर गया हो तो एक बात कहूँ···?"

"कौन-सा भूत ?"

"वही चानमारी वाला—कर्नल साहब से दोस्ती का !"

"तुम्हें कैसे पता ?"

"कर्नल साहब पिताजी को जानते थे। उन्होंने उनको बताया था कि बी० ए० में पढ़ने वाला एक लड़का हथियारों के पीछे इतना पागल है —अपनी प्रेमिका तक को छोड़ दिया। पिता जी माँ को बता रहे थे कि देखो दुनिया में कैसे-कैसे भटके हुए लोग हैं। आदमी से तो प्यार नहीं करेंगे, हथियारों पर जान देंगे ! मैं समझ गई हो न हो, तुम ही हो !" कह कर वह हँस दी। अमरी की आँखें चढ़ गईं और चेहरा उतर गया।

"तुम्हारे पिताजी ने ऐसा कहा ?"

"हाँ, क्यों क्या हुआ ?" वह कुछ बोलने को हुआ तो चन्दा ने टोक दिया, "पहले तुम मेरी बात सुनो।"

"क्या बात ?"

चंदा एकाएक आँखों में पानी भर लायी। अमरी की समझ में नहीं आया यह अचानक क्या हो गया। कहीं दर्द उठा या मोच आ गई। उसने पूछा, "रोने क्यों लगी ? मैंने तो ऐसा कुछ नहीं कहा !"

उसने आँखें पोंछ लीं। वह फिर बोला, "बोलो मैंने कुछ कहा ?"

उसने गर्दन हिला दी। थोड़ा सकून मिला। फिर भी उसके सामने इस समय मुख्य सवाल हथियारों का नहीं रहा था बल्कि यह था कि प्रेमिका रोयी क्यों ? धीरे से उसका हाथ पकड़ा। यह क्रिया दोनों को अच्छी लगी। अमरी की आँखों में अन्दर का ज्वार उमड़ आया। वह उसकी गीली आँखों को देख रहा था। पोंछी हुई आँखें आकार में हमेशा बड़ी हो जाती हैं। अधगीली और बड़ी आँखें कुछ लोगों को कयामत की तरह लगती हैं। वही बोली, "तो तुम्हें कुछ पता नहीं ?"

"किस बात का ?"

"तुम्हारे वे कर्नल साहब जाने से पहले हमारे घर खाना खाने आये थे। एक तो इतने बड़े आदमी को आना ही नहीं चाहिए था। छोटे आदमियों में घुसने की उनकी बड़ी खराब आदत है। पता नहीं मुझे देखकर उन्हें क्या लगा। बोले अपनी लड़की की शादी फ़ौरन कर दो। लड़का भी बता दिया ! नास हो इस कम्बख्त कर्नल का। तुम्हें चानमारी का शौक लगाकर बरबाद कर दिया। मुझे इस तरह बरबाद करने के चक्कर में है ?"

"तुम अपने पापा से कह क्यों नहीं देती ?"

"क्या कहूँ ?"

"यही कि तुम शादी नहीं करना चाहती।"

"पर वे तो तुले हुए हैं ?"

"तुम क्या सोचती हो ?"

"मेरी समझ में तो कुछ नहीं आता।"

"तुम्हारे पिता जिद करते हैं तो कर लो !"

"किससे ?"

वह चुप था। चन्दा उसका हाथ पकड़कर बोली "बोलो, कुछ तो बोलो—तुम जो कहोगे वही करूँगी।"

"तुम···तुम···!"

"हाँ हाँ···कहो, कहो···"

"मुझे लगता है अपने पापा की बात तो माननी ही पड़ेगी ?"

"क्या ?" वह एकाएक चिहुँक कर बोली, "उसका मतलब तुम्हें न कुछ कहना है और न करना है···" उसने फिर रोना शुरू कर दिया। साथ-साथ चलने भी लगी। अमरी पीछे-पीछे चलने की कोशिश कर रहा था।

"ऐसा तो मैंने कुछ नहीं कहा !"

"तुम्हें तो मुझसे इतना भी वास्ता नहीं जितना लोहे-लंगड़ से है ! तो ठीक है, मैं जाती हूँ। जब सब कुछ मुझे ही करना है तो यह सब नाटक किसलिए ?"

वह चली गई। अमरी फिर देखता रह गया। वही सवाल कि उसने ऐसा क्या कह दिया ? इस सवाल का जवाब उसे फिर नहीं मिला। धत्तेरे की !

प्रेमिका उस दिन के बाद कालिज में फिर कभी नजर नहीं आयी। उसका चानकारी-मैदान आना-जाना बना रहा। उसकी खोज-खबर लेने के लिए उसने इधर-उधर चक्कर भी लगाये। काफी दिनों के बाद इतना जान पाया कि उसके पिता भी बदली पर चले गये। कहाँ गये ? कब गये ? चन्दा का क्या हुआ ? इन सवालों का जवाब उसे कभी नहीं मिला। प्रेमिका को लेकर वह हमेशा इसी उधेड़बुन में रहा कि वह क्या चाहती थी ? किसी गलतफहमी के कारण गई या उसे उसके पहले प्यार से ईर्ष्या हो गई थी ?

मुदर्रिसी बनाम पेशवाई

अमरी का छात्र जीवन अपेक्षाकृत खाली-पीली गया। ठूँ-ठाँ के बीच ले-देकर डिग्रीनुमा एक-आध कागज का रोल जरूर उसके हाथ लग गया। वह उसका क्या करे ? उससे न गोली निकलती थी और न पानी बरसता था। धूल तक तो साफ नहीं हो पाती थी। पेट का जहाँ तक सवाल था वह अपनी ही जगह बैठा-बैठा बिना किसी डिग्री का लिहाज पास किये रात-दिन उसे बुला लिया करता है। डिग्री शुदा अकसर पेट के सामने घुटने टेक देते हैं। प्रेमिका के छूटने पर तो उसने संतोष कर लिया था पर पेट का सवाल टेढ़ा था। वैसे संतोष का भी पता नहीं चलता। कब और किस तर्क के बहाने आ खड़ा हो। उसका यह सोच लेना ही 'संतोष' के लिए पर्याप्त सिद्ध हुआ कि चाहे गलतफहमी हुई हो या कुछ और, उसने अपनी तरफ से चन्द्रा को धोखा नहीं दिया। प्रेम में धोखा देना ही सबसे ज्यादा कमीनापन होता है। उस आरोप से वह अपने को बरी कर चुका था। कर्नल से बिछड़ने का अलबत्ता उसे अफसोस था। कुल मिलाकर उसे न खुदा ही मिला था और न—विसाले सनम की तो बात ही करना बेकार है। सनम मिला भी और बिछुड़ भी गया। लेकिन एक बात जरूर थी कि कर्नल के उन हथियारों का संस्पर्श, जिन्होंने उसे अहिल्या वाली जड़ता से छुड़ाया था, अभी तक ज्यूँ का त्यूँ मौजूद था। सोचने मात्र से ही उसका रोम-रोम धान के छोटे-छोटे पौधों की तरह हिलोरने लगता था। हो सकता है प्रेमिका और हथियारों के बीच बैर हो गया हो। इसीलिए वह बुत्ता दे गयी हो। सभ्यता के सिद्धान्तों को ध्यान में रखते हुए उसे बुत्ता शब्द का इस्तेमाल नहीं करना चाहिए। हाँ, मुँह मोड़ना चल सकता है। अमरी न उसे बुत्ता कह पाया और न मुँह मोड़ना। बस अपने सपनों को जिलाये रखने के लिए खाद-पानी जुटाने में लगा रहा।

दरअसल अपने सपनों को पालते-पोसते हुए भी उसे जिस जिन्दगी का मुँह देखना पड़ा था वह इतनी आम जिन्दगी थी कि उसमें या तो उन सपनों का कोई काम नहीं था और अगर उन सपनों को बनाये रखना था

तो उस जिन्दगी को कोई और दरवाजा खटखटाना चाहिए था। मजे की बात यह थी कि दोनों अपनी-अपनी जगह डटे रहे। शुरू में तो यही हुआ कि धरती का धरातल नीचे की ओर खुलता ही चला गया। उड़ो, बेटा कहाँ तक उड़ोगे ! खड़ा तो यहीं होना पड़ेगा। काम मुदर्रिसी और सोच पेशवाओं वाला। वह पढ़ाता था लेकिन उस तरह नहीं जैसे कर्नल से चानमारी सीखता था। बल्कि उसी तरह जैसे चानमारी के वक्त प्रेमिका की आही-तवाई झेलता था। ढोलिया बना हुआ था। गले पड़ा है तो बजाना है। स्कूल जाता था, बच्चों को बहलाता था और अपने सपनों में खो जाता था।

पिता की पिताई

पिता यानी दरोगा अपने सपनों को पौसा रहे थे। रिटायर्ड तो थे ही, बूढ़े भी हो गये थे। हालाँकि जिन्दगी-भर यही बताते रहे थे कि लड़ाई हथियार से लड़ी जाती है, काम हाथ से होता है, जिन्दगी आत्म-विश्वास से जी जाती है और मौत इच्छा-शक्ति से झेली जाती है, वगैरह, वगैरह…। इस मुकाम पर आकर आत्मविश्वास हिल गया था। अलबत्ता इच्छा-शक्ति के साथ भिड़े थे। बीच-बीच में लगने लगता था कि कूच की बेला आ गयी। पता नहीं कब नगाड़ा बज जाय। नगाड़ा बजा नहीं और कूच हुआ नहीं। सुई भी सँवारने का मौका नहीं मिलेगा। बिना लिये-दिये और बिना कहे-सुने चललमा इसी दबाव में बेटे को खूँटे से बाँधने का जाल रचा गया। अमरी ने बहुत समझाना चाहा कि ऐसा मत करो। सारे सपने चूर-चूर हो जायेंगे। मेरी प्राथमिकता विवाह नहीं है। उसे मन ही मन चन्दा का भी ध्यान आया। अगर करनी होती तो मैं उसी से क्यों न करता ? बेचारी रोती चली गयी ! लगता है उसका रोना खाली नहीं जायेगा। अब मैं रोऊँगा। उसकी बात मैं चाहे कितना भी न समझा हूँ

पर कुछ तो समझ ही गया था। समझकर नासमझ बने रहने के नतीजे अच्छे नहीं होते। चाह तो थी ही। चाह का गला घोंटकर अपना गला बचाया। कहीं ये सपने उसी की बद्दुआ के कगार से टकराकर न बिखर जायें। उसने तो कह दिया था कि जो तुम कहोगे वही करूँगी। पर पता नहीं मैंने क्यों नहीं कहा? अब कहाँ है? है भी या नहीं?

जब अमरी ने पिता के सामने प्राथमिकताओं वाली बात कही तो पिता ने तपाक से पूछा कि हम भी तो जानें कि ऐसी कौन-सी प्राथमिकताएँ हैं जिनमें शादी हायल होगी। उसने उस सवाल का जवाब देना जरूरी नहीं समझा। उसकी समझ में यह बात तो आने ही लगी थी, लोग समझते कम हैं सवाल ज़्यादा करते हैं। अगर वह बता भी देगा तो क्या वे उसके मन की बात को अपने मन की बात की तरह लेंगे? हथियारों का नाम आते ही ऐसा मुँह बिचकायेंगे, पता नहीं कौन-सी दुर्गन्धपूर्ण चीज सामने परस दी। कोशिश भी की तो सिर्फ इतना ही होगा कि अरे, एक आध रखो और छुट्टी करो। उसके पीछे जिन्दगी थोड़े ही कुर्बान कर दोगे। अब कौन समझाये कि उनके साथ रहना, खाना और सोना अपने आप में कितना बड़ा थ्रिल है। फिलहाल कल्पना ही में क्यों न सही! चन्दा फिर भी समझ सकती थी। हालाँकि थ्रिल वाली बात पर ही उसने कहा था कि गोली लगकर मरते हुए आदमी की चीख सुन लोगे तो थ्रिल कई गुना हो जायेगा। चानमारी मैदान में ही किसी ग्वाले की लड़की को गोली लगकर मरने की बात चन्दा को मालूम थी। उसकी गाय चरते-चरते टारगेट के घेरे में आ गयी थी। वह बेचारी उसी को पकड़ने दौड़ी थी। उसे आते देखकर निशानेबाज का हाथ हिल गया और वह वहीं ढेर हो गयी। उसकी चीख उनके घर तक पहुँची थी। उसी चीख का वह बार-बार हवाला देती थी। फिर भी वह उसे और उसकी प्राथमिकताओं को समझती थी।

जब पिता नहीं माने और भूख-हड़ताल का हौवा खड़ा कर दिया तो उसने एक बार हिम्मत करके जोरदारी से कहा, "मैं किसी लड़की की जिन्दगी बरबाद नहीं करना चाहता। जब आपको अपने एक हथियार से इतना प्यार था कि अपने इकलौते बेटे तक की जान को जान नहीं

समझा···मैं तो हथियार मात्र से प्यार करता हूँ। मेरे लिए उनका सान्निध्य पत्नी से ज़्यादा महत्त्वपूर्ण है।"

पिता आगबबूला हो उठे थे। अगर अमरी जवान न होता और वे बूढ़े न हुए होते तो उनका उस दिन वाला दरोगा जाग उठा होता। वे गुस्से में उठकर अन्दर गये और आकर बोले, "हथियार किसी का नहीं होता···मैंने जान पर खेलकर अपने अफसर को बचाया था। जिस हथियार के लिए मैंने तुझे इतना मारा था···वह आज कहाँ है? हथियार उसका जो उसे रख सके। ताकत से, हुक्म से या फ़रेब से। तू तो वैसे भी मास्टर है, तुझे तो वैसे भी हथियार से दूर रहना चाहिए।" वे गुस्से में आ गये, "तुझे क्या करना है, जाकर लाम पर लड़ना है, डकैती डालनी है···"

"दरअसल आपने हथियारों का केवल यही इस्तेमाल देखा और जाना है। हथियार शक्ति और संतुलन का माध्यम हैं। मुल्कों के प्रेसीडेन्ट, प्रधान मंत्री, राजे-महराजे क्या इसलिए बड़े हैं कि वह इस नाम की कुर्सी पर बैठे होते हैं···उनका बड़प्पन, उनकी शक्ति, उनके उपकरण हैं और उन उपकरणों को सही तरह से प्रयोग करने या न करने की दक्षता है!"

"लेकिन तू तो मास्टर है···मास्टर का काम यह नहीं!"

"मास्टरी मैं रोटी के लिए करता हूँ···वह भी इसलिए क्योंकि आप चाहते थे।"

"मैंने कहा ना वे किसी के नहीं होते! कई बार पोरस के हाथी बनकर अपनी ओर घूम जाते हैं।"

"लेकिन मैं अन्दर से वह नहीं जो आप स्वयं हैं या मुझे समझते हैं।"

लेकिन अमरी की ये सब बातें फिजूल रहीं। एक तो पिता और उस पर दरोगा! दोनों का अड़ियलपन देखकर माँ को बीच में पड़ना पड़ा। माँ का रोना और मनाना ज्यादा बाअसर साबित हुआ। अमरी दुल्हा बना और एक अदद 'पढ़ी-लिखी' लड़की ब्याह लाया। बस एक ही सवाल था कि जब यही सब होना था तो चन्दा के साथ क्यों नहीं हुआ? घूम-फिरकर इस सवाल का जवाब उस पर ही आकर टिकता था। यानी घोड़े

पर बैठकर जाते हुए भी उसने इस सवाल की कोर की चुभन से बिलबिलाकर कई बार अपना सिर झटका ! यहाँ तक कि एक बार उसकी ब्याहली पगड़ी तक टेढ़ी हो गयी ! नतीजा यह हुआ कि पहली ही रात उसने अपनी नवविवाहिता के सामने अनाप-शनाप बका, "देखो, मेरे पिता ने मेरी शादी ज़बरदस्ती की है ! मैं आदमियों को कम हथियारों को ज्यादा प्यार करता हूँ···आदमी को भी प्यार करूँगा तो हथियार मानकर···" वह भौंचक्की-सी देखती रह गयी। उसकी समझ ही में नहीं आया कि दुनिया में प्यार करने की चीज आदमी, औरत, बच्चे होते हैं या हथियार ? वह बोलता रहा, "तुम्हें अगर मेरे साथ रहना है तो मेरे इस प्रेम का हिस्सा बनना होगा।" उस समय तो वह चुप रही लेकिन बाद में वह जितना रो सकती थी, रोयी।

स्त्री का संकोच

अमरी ने उसे कई बार रोते हुए देखा। हालाँकि ऊपर से वह चुप रहा। पर उसका रोना भी उसे कुछ-कुछ उसी किस्म का लगा, जैसा चन्दा का था ! हथियारों के प्यार के प्रति क्या सभी लड़कियों का रुख मुँह बिगाड़कर रोने वाला होता है ! यह बात उसे अक्सर परेशान करने लगी। आखिर ये चाहती क्या हैं ? संसार में पूरी तरह निरस्त्रीकरण हो जाय ? अगर ऐसा हो गया तो ये टोस्ट कैसे काटेंगी ? सब्जी कैसे छीलेंगी ? बड़ी मछलियों के छोटे टुकड़े कैसे बनायेंगी ? बकरे को खाने लायक साइज में कैसे लायेंगी ? मुल्क क्या गाय और भेड़-बकरी हो जायेंगे ? शेर और चीते क्या दुनिया से नापैद हो जायेंगे ? इनका यह व्यवहार प्रकृति के विरुद्ध है।

उसके बाद उसने इस बात को उठाया ही नहीं। वह जब भी मिलता था पत्नी की पढ़ाई-लिखाई के बारे में, पीहर और सहेलियों के बारे में बात-

चीत करता था। घरवाली का संकोच और गहरा होता जा रहा था··· पूछे या न पूछे···कि वह उससे किस तरह का सहयोग चाहता है? वह अभी तक अन्दाज नहीं लगा पायी थी कि पहली रात वाली बात जितनी खतरनाक थी क्या वह आदमी भी उतना ही खतरनाक है? उसे अन्दर ही अन्दर डर लगा रहता था। वह कुछ पूछे और उसका आदमी उस पर हथियार चला दे! एक रोज उसने दबे-दबे पूछा, "तुम्हारा उस बात से क्या मतलब था?"

घरवाली को सवाल समझाना नहीं पड़ा। तत्काल समझ गया। वह बोला, "देखो, मुझे हथियार चाहिए—मैं उन्हें खरीदूँगा, बनाऊँगा, चोरी करूँगा, जैसे भी मिलेंगे—मोहय्या करने की कोशिश करूँगा। तुम मुझे उन हथियारों के चलाने वाले बच्चे दोगी।"

उसकी बातों से घरवाली के मन का भय कम होने के बजाय बढ़ गया। पता नहीं ऊँट किस करवट बैठे? वह अपने पति को अभी तक उस रूप में नहीं देख पायी थी जिस रूप में शादी के बाद लड़कियाँ देखती हैं। वह उसे एक असामान्य आदमी लग रहा था। जो इन्सान पहली रात में कुछ और कहने और करने के बजाय अपनी दुल्हन को हथियारों के बारे में बताना चालू कर दे वह सामान्य हो भी कैसे सकता है? असामान्य आदमी के साथ रहना···उफ! वह कल्पना नहीं कर पाती थी। कई बार उसे भी एडवेंचर की सूझती थी। या तो वह अपना सिर फोड़ डाले या उसका सिर फोड़ दे। लड़कियाँ सोचती सब कुछ हैं पर बाहर नहीं आने देतीं। जुगाली करके अंदर की गैबी थैली में भरती जाती हैं। खैर, किसी तरह देह-धर्म तक आये। पहला बच्चा होने के बाद ही कहीं जाकर मन की सलवटें खुलनी शुरू हुईं। फिर भी बातें उतनी स्पष्ट नहीं थीं जितनी हो सकती थीं या होनी चाहिए थीं।

सपनों की अदायगी

अमरी इस टौलक में तो रहता ही था कि कहीं कोई बात बने ! उसके लिए उसे बाहरी तामझाम भी बनाना पड़ा था। वह तामझाम कैसे बना ? साधन कहाँ से आये ? इसकी जानकारी उसके सिवाय किसी को नहीं थी। उसने कुछ ऐसा ठाठ जमा लिया था कि अनजान लोग उसे किसी रजवाड़े का प्रतिनिधि समझते थे। उसके लिए जिस सनक का होना जरूरी होता है वह उसमें थी ही। सनक के साथ साख भी एक जरूरी तत्व है। इस बीच एक बात और हुई थी कि शादी के कुछ ही दिन बाद उसके पिता परलोक सिधार गये थे। पिता के कुछ ही महीने बाद माता जी भी हाथ उठाकर यह कहती हुई चली गयी थीं, "ठहरो, मैं आयी—।" सच पूछिए तो सबसे पहली बात अमरी के दिमाग में यही आयी, अगर शादी और इन लोगों के जाने की तिथियों में अदला-बदली हो गयी होती तो वह अपने को इस हादसे से बचा ले जाता। दरोगा जी के पास जो दादइलाही जायदाद थी वह तब भी इतनी थी कि अगर वे पुलिस में न भी गये होते तो चल सकता था। चूँकि बर्तानिया सरकार के जमाने में पुलिस का सिपाही होना बड़ी बात थी इसलिए उसके पिता और पिता के पिता को सिपाही बनने वाली वह घटना और भी ज्यादा गौरवपूर्ण लगी थी। हुआ यही कि हुकूमत ने चाकरी को बड़प्पन बख्शा और बाकी सब चीजें पीछे छूट गईं। हुकूमत यही कहती है जिसे चाहे रुतबा बख्श दे और जिसे चाहे जलालत ! उसी का शिकार दरोगा जी भी हो गये। दरोगा जी भर्ती हुए थे सिपाही। बजते थे दीवान जी। यह बात इसलिए और भी ज्यादा जम गई क्योंकि उन्होंने जैसे भी बना जायदाद बढ़ाई। यह सारी जायदाद मास्टर जी को विरासत में मिली थी। मास्टर जी जन्मना नगरवासी थे। गाँव उनके लिए कोई मायने नहीं रखता था। उन्होंने कुछ जायदाद निकाल दी। कुछ पर बटाई वसूली की। जमीन जिस तेजी से सोने में बदली थी उससे उनका मजा बैठ गया था।

इस बीच अमरी की एक हथियारों के व्यवसायी से भी चूल बैठ गयी थी। दरअसल बड़े व्यापारियों का कुछ अजीब होता है। कर्ज भी देते हैं

और माल भी बेचते हैं। वह मुर्दारिसी तो भूल गया और हथियारों की भूल-भुलैया में उतरता गया। और व्यापारी भी उसे हथियार दिखाने लगे। वह देखता। हथियारों के कदरदान के रूप में उसका यश फैल रहा था। जमीन बेचकर कमाये पैसे की एवज़ में कुछ हथियार उसने खरीदे भी।

खुशहाल पर्वत का निर्माण

प्रेम की जगह हविस ने ले ली थी। हविस का एक पहाड़ उठता चला आ रहा था। यहाँ तक कि उसने अपने आदमी होने की बात भूलकर अपने अन्दर एक गोदाम निर्मित कर लिया था। वह गोदाम न किसी भावना के लिए था और न विचारों के लिए। सिर्फ हथियारों के लिए था। वह रात-दिन हथियारों के चक्कर में घूमता था। साधनों की परवाह किये बिना यह कोशिश करता था कि जो नायाब से नायाब हथियार दिखाई दे उस पर अपना नाम लिखा दे। हालाँकि अभी तक उसका दायरा छोटे और घरेलू हथियारों तक ही था। कभी-कभी उन सौदागरों में से ही कोई सवाल कर देता कि तुम किसलिए यह सब कर रहे हो! तुम एक ऐसे सुरक्षित द्वीप में हो जहाँ तुम्हारा कोई कुछ नहीं बिगाड़ सकता। उसका जवाब बड़ा वैज्ञानिक किस्म का होता। बाबर ने जब हिन्दुस्तान पर हमला किया तो इस मुल्क के लोगों को यह तक पता नहीं था कि दूसरे मुल्कों में बारूद से लड़ाई लड़ने का जमाना आ गया है। वे घोड़ों, हाथियों और आदमियों को पेले पड़े थे। बाबर ने लाकर तोपें घुसा दीं। हथियार टेकनॉलाजी के विकास और वैज्ञानिक दृष्टि के प्रतीक हैं। उसे अपना यह तर्क हमेशा तर्क-संगत लगा। उसने कभी शर्मिन्दगी महसूस नहीं की। इसके अलावा आसपास की बस्तियों में अपने इन हथियारों के बल पर वह बड़ा फन्ने खाँ समझा जाने लगा। लोग उससे डरते थे। लोगों के चेहरों पर डर देखकर उसे खुशी होती थी। लेकिन वह अपनी खुशी को दूसरों के डर की तरह चेहरे पर नहीं आने देता था।

हथियारों के मामले में वह दो-तीन दौर से गुज़र चुका था। जब पहली बार अपने पिता का पिस्तौल छुआ था तो उसके पैर काँपे थे। बाद में जब कर्नल ने अपने हथियार थमाये और चानमारी करायी तो उसे कई तरह की प्रतिक्रियाओं का सामना करना पड़ा था। रोमांचित भी हुआ, हाथ भी काँपे, निशाना भी चूका, और फिर उसने उन सब हथियारों का गरमागरम स्पर्श अपने शरीर पर के विभिन्न भागों पर खुदा हुआ भी महसूस किया। आज तक है! तीसरे दौर में उसने जब पहला हथियार खरीदा तो उसे लगा कि समय का प्रवाह उसके पैरों के नीचे आकर थम गया। लेकिन हर बार उसे कुछ-न-कुछ नया भुगतना पड़ा। पहले पिटाई—दोबारा चन्दा की विदाई और अब—वह दूसरी तरह के संघर्ष से गुजर रहा था। लेकिन कई तरह के सुख भी जुड़े हुए थे। वह उन्हीं को याद रखता था। याद और भी बातें रहती थीं! कोशिश करके भुलाने के लिए। जैसे ही कोई नयी 'चीज़' नजर आती, वह मशीनों की तरह हरकत में आ जाता।

पत्नी का गांधारी हो जाना

धीरे-धीरे उसकी हथियारों की खुशहाली बढ़ रही थी। हथियारों के साथ-साथ उसने अपना परिवार भी बढ़ाना शुरू कर दिया था। उसने अपनी पत्नी को आँखों पर पट्टी बाँधकर गांधारी बन जाने के लिए मजबूर कर दिया था। वह चाहता था बिना उफ किये एक के बाद एक, उसके बच्चों की माँ बनती चली जाय। वह वही कर रही थी। लेकिन बच्चों की सुरक्षा उसकी सबसे पहली चिन्ता थी। हर वक्त तनाव, हर वक्त खतरा – किसी दिन कोई हथियार पहल कर बैठा तो—? मन के इस चोर को पति के सामने एक-दो बार खोला भी! वह हँस दिया। वह हँसकर उड़ाता बड़ी जल्दी था। उसकी हँसी कई चैनलों में बँट जाती थी। वह बोला, "मेरी इजाजत के बिना हथियार तो हथियार, इन्सान तक का हिलना मुश्किल है।

उनका उपयोग मैं करूँगा। वे अपना उपयोग स्वयं ही कर सकते।"

"तुम क्या अब लड़ाइयाँ लड़ोगे?"

"नहीं, लड़वाऊँगा?"

"लेकिन किससे? किसकी—? दुश्मन कहाँ है?"

"तुम उन्हें नहीं देख सकती, मैं देख सकता हूँ। वे हर जगह हैं···"

"लेकिन कोई हमसे दुश्मनी क्यों करेगा? हमारे पास रखा ही क्या है? दो जून रोटी मिलती है, वह भी बन्द हो जायेगी। हम बच्चों के लिए ही तो जीते हैं—हथियारों से उन्हें क्या मिल जायेगा! रोटी?"

"उससे भी बड़ी चीज़! अभी तुम उसे समझने की कोशिश मत करो। मैं हथियारों का ऐसा जखीरा बना दूंगा कि···"

"मैं तुम्हारे आगे हाथ जोड़ती हूँ—तुम हथियारों से बच्चों को दूर रखो। अगर बच्चे न रहें तो हम इन हथियारों का क्या करेंगे?"

वह जोर से हँसा, "मेरा साथ दो! डरो नहीं! लोग बिना हथियारों के भी मरते हैं। विश्वास रखो हमारे बच्चे उनमें नहीं। मैं ऐसा सँपेरा हूँ—जो संसार में फैले हुए उन हजारों-लाखों साँपों को एक साथ खिला सकता है।"

जैसा कि साधारण देसी औरतें होती हैं उसकी घरवाली भी उनमें ही थी। एक मामले में गांधारी बनकर उसने अपने लिए कोई बहुत क्रांतिकारी जीवनचरित नहीं कमा लिया था। वह उसी तरह बोली, "मुझे कुछ नहीं चाहिए—बस तुम, तुम्हारे ये बच्चे! यह मेरे हथियार हैं और यही मेरे शंख और पंचपात्र हैं।"

"तो ठीक है, तुम इन्हें रखो, मुझे मेरे हथियार चाहिए। एक दिन मैं ऐसे हथियारों का स्वामी बन जाऊँगा जिनकी लोग कल्पना तक नहीं कर सकते! आज से हमारी और तुम्हारी प्राथमिकताएँ अलग! तुम्हारे लिए बच्चे, मेरे लिए हथियार!"

अमरी ने बात को और आगे बढ़ने का मौका नहीं दिया। धागा वहीं चटकाकर तोड़ दिया। अब उसकी घरवाली के पास एक ही रास्ता था कि अपने बच्चों को हथियारों की बलिवेदी पर चढ़ाती जाय—चढ़ाती जाय।

कौरव-गाथा

अमरी दाना बनता जा रहा था। वह चाहता था कि उसकी सेना उसके अपने घर की हो। वह थोड़े-थोड़े अन्तराल के बाद अपनी घरवाली को एक बच्चा थमा देता था। जब तक वह पलता था वह निश्चिन्त होकर अपने प्रयोगों में गंजा रहता था। हथियारों की बढ़त के साथ उसे बच्चों की बढ़त भी जरूरी लगी। उसकी औरत माँ पर माँ तो बनती जा रही थी पर शरीर से जर्जर हो रही थी। लेकिन अमरी अपनी नजर उद्देश्य से तनिक भी इधर-उधर नहीं होने देता था। उसने एक काम और किया। अपने हर बच्चे के नाम पर अपने हथियारों का नामकरण किया। एक वर्ष में जितने हथियार मोहैय्या करता था उस वर्ष में पैदा होने वाले बच्चे के नाम पर उसी क्रम में उनका नाम रखता जाता था जिसमें वे आते थे। जैसे ध्रुव-एक, ध्रुव-दो, ध्रुव-तीन वगैरह-वगैरह। दूसरा बच्चा हुआ तो दूसरी सीरीज शुरू कर दी—फीरोज-एक, फीरोज-दो··· जितने बच्चे और हथियार इकट्ठे होते जाते थे—जमीनों पर कब्जा करके वह उन्हें बसाता जाता था। जमीनों पर दखल करने के लिए उसने कई तरह की तरकीबें की थीं। जंगल कटवा दिए थे—रात बे-रात में झोंपड़-पट्टियाँ जलवायीं—और कुछ न हुआ तो जमीन के अन्दर जमीदोज तहखाने बनवा दिये—। ये गोदाम ही उसकी खुशी के सबसे बड़े स्रोत थे। उसकी अपनी सन्तान गोदामों की देखभाल करती थी। वह खुश था कि उसका परिवार बढ़ रहा है।

जलप्लावन

इसका असर यह हुआ कि अड़ोसी-पड़ोसी उसके इस विस्तार के कारण तड़फड़ाने लगे। उसने अपने-आपको एक खतरनाक हस्ती के रूप में स्थापित

कर लिया। हालाँकि अभी उन हथियारों को किसी ने देखा तक नहीं था। लेकिन शोर सब तरफ मच गया था कि वह बाढ़ किसी भी समय उन सबको मौत की घाटी में धकेल सकती है। नतीजा यह हुआ कि लोग खाने-पीने की चिन्ता छोड़कर आत्म-सुरक्षा में जुट पड़े। अपने घरों के चारों ओर बाड़े खड़े करने लगे। जिस दाम पर जो भी हथियार मिले खरीदकर इकट्ठे करने में लग गये। वे लोग उसे अमीर पागल के नाम से पुकारने लगे थे। ऐसा पागल जो लोगों को मरते देखने की हविस को शांत करने के लिए किसी भी समय मौत की गैस का मुँह खोल सकता है। अपने हथियारों के दहाने उनकी तरफ मोड़ सकता है।

एलची बच्चे

अमरी को जब पता चला कि उसके पड़ौसी हथियारों के प्रति उसके लाफानी प्रेम को लेकर चिन्तित हैं और उन्होंने भी हथियारों का सम्मान करना शुरू कर दिया है तो वह इतना हँसा, इतना हँसा कि घर के लोग सनाका खा गये! जब हँस चुका तो अपने आप ही बोला, "इन मूर्खों ने हथियारों को प्यार करने की संस्कृति को पहचाना तो सही। अभी तक तो ये अपने बच्चों, कुत्ते, बिल्लियों, घोड़े-हाथियों, पेड़-पौधों और रंग-बिरंगी चिड़ियों के प्यार को समझते थे। विज्ञान की इस आधुनिक-तंत्र दुनिया के रास्ते पर कदम तो बढ़ाये। शरीरों के अलावा प्रेम का आधार ही वास्तविक आधार है। उस थ्रिल को ये लोग अभी नहीं समझते। आगे चलकर समझेंगे।"

उसने सब पड़ौसियों को और दूर-पार के लोगों को बुलाकर बात करने का इरादा किया। अपने बच्चों को उनके पास अपना दूत बनाकर भेजा। वे उनकी बातों से आकर्षित हुए। उनमें निमंत्रण की सुगबुगाहट हुई, "अरे, अमरी बुला रहा है। इतना शक्तिशाली इन्सान!" गये कुछ ही लोग। जो लोग गये उनकी इतनी खातिर हुई कि ठिकाना नहीं रहा। खाते-खाते,

पीते-पीते वे इतना थक गये कि उन्हें यह तक भूल गया कि वे वहाँ क्यों बुलाये गये थे। आरंभ में उन्होंने केवल अमरी की बात को सुना। उसने अपने पहले संबोधन में कहा, "मैं कोई अजूबा नहीं। एक नयी संस्कृति की ओर आप सबका ध्यान आकर्षित करना चाहता हूँ। वह है प्यार की संस्कृति! इन्सानों, जानवरों, पेड़-पौधों से तो आप हजारों साल से प्यार करते चले आ रहे हैं। ये सब आपसे कोई न कोई अपेक्षा रखते हैं। प्यार की इस लम्बी श्रृंखला में हथियारों का प्यार एक नये युग की शुरुआत करता है। यही आधुनिकता और विज्ञान को प्यार करना है। यहाँ लेना-देना कुछ नहीं। केवल प्यार है। कभी न खत्म होने वाला प्यार! संस्कृति का एक नया आयाम। इस वास्तविकता का साक्षात्कार करने के लिए मैंने बहुत कुछ सहा है। जैसे-जैसे वह विकसित हुआ है मेरी आँखों के सामने एक नयी दुनिया का आगाज होने लगा। उस दुनिया को आप तभी देख पायेंगे जब अपने होने के अहं को इन हथियारों के सुपुर्द करके उससे मुक्त हो जायेंगे। कितना सौन्दर्य है, कितनी तेजस्विता है, कितनी निस्पृहता है—! जब आप अपने को उनमें खो सकने की सामर्थ्य अर्जित कर लेंगे तो वे आपको अपने से बात करते नजर आयेंगे—बच्चों की तरह खेलेंगे, गायेंगे, आपके साथ सोयेंगे और एक ऐसे ऊँचे शिखर पर आसीन कर देंगे जहाँ यह संसार अन-हुआ हो जायेगा। आप होंगे और वे होंगे। हम जिस सम्पूर्ण मानव की खोज में हैं उसका साक्षात्कार इन्हीं के माध्यम से संभव है। यही पूर्णता की ओर ले जा सकते हैं।"

इतना बोलकर वह उन सबके चेहरों की प्रतिक्रियाएँ जानने के लिए चुप हो गया। वे लोग आश्चर्यचकित थे। वे अपना पक्ष निश्चित नहीं कर पा रहे थे। इन्सान के ही द्वारा, इन्सान के विरुद्ध तैयार किये गये हथियारों की उस दुनिया में उतरें या अपनी इस दुनिया में बने रहें जहाँ वे पहले से हैं। उस दुनिया में जाना क्या इन्सान के खिलाफ गद्दारी नहीं होगी? दूसरा एक और मत था। जिस दुनिया में अमरी उन्हें ले जाना चाहता था वह नये क्षितिज की ओर संकेत करती थी। प्यार के जिन घिसे-पिटे माध्यमों का वे उपयोग करते रहे थे यह माध्यम उनसे बिल्कुल भिन्न था। उसका यह कहना सही था कि हमें आधुनिकता को प्यार करना सीखना

चाहिए। लेकिन यह आधुनिकता हथियारों के माध्यम से ही क्यों प्रकट होती है? उनमें से एक बड़बोले किस्म का पड़ौसी उठकर खड़ा हो गया। उसने दूसरी तरह बोलना शुरू किया, "यह कुफ्र है! हम इन्सानों की जात ऐसी है जिनकी छठी में फरेब, झूठ व धोखा पुजा होता है। प्रकृति के साथ फरेब। हमदम और हमसफ़र के साथ फ़रेब। हुकूमत के साथ फरेब और रियाया के साथ फरेब! आसमान और हवा तक के साथ फरेब। माफ कीजिये जिसे आप खुदा मानते या कहते हैं, कभी उसके नाम पर इन्सान से फरेब और कभी इन्सान के नाम पर उसके साथ फरेब! जहाँ तक मेरा सवाल है मैंने तो उसके साथ प्यार किया है जिसे इस दुनिया के लोगों ने स्वयं बनाया और बनाने के बाद उसके मुकाबले एक शैतान भी खड़ा कर दिया। जिससे हर इन्सान मुसलसल चलने वाला एक जंग का मैदान बना रहे। दरअसल आदमी के अन्दर बलबलाते जहर को वहीं पनाह मिलती है। यह भी जहर ही है जो आपने उगला है! लेकिन इस जहर को मारने की आप में ताकत नहीं। क्योंकि आप इसकी काट को नजरअन्दाज करके अपने आपको अपना मसीहा बना लेना चाहते हैं। अगर इस जहर को गर्क करना चाहते हैं तो आप भी उसी से प्यार करके देखिए। उससे न कर सकता उन सबसे कारए जिन्होंने उसे बनाया और बनाकर प्यार और नफरत के खेल में मुबतला हो गये।"

एक दूसरे ने पूछा, "आप इस जखीरे का क्या करेंगे?"

"क्या परिवार जखीरा होता है? यह मेरा परिवार है। जब हम अपने परिवार के बारे में इस दृष्टि से सोचना शुरू कर देते हैं तो न परिवार, परिवार रहता है और न प्यार, प्यार! अच्छा हो आप अपने आपको किसी पर थोपने के बजाय अपने प्यार की किरणें उस तक पहुँचाएँ। आपके उस प्यार की खुद आपको उतनी जरूरत नहीं है जितनी इन हथियारों को है। इनकी देह दिखाई देती है। आत्मा को न हम जानते हैं, न जानना चाहते हैं। हम सबके लिए यह जरूरी है कि उनसे रिश्ता कायम करें! उन्हें केवल अपने सुख और सुरक्षा का माध्यम न बनाकर उनके अन्दर सोयी आत्मा को जगाएँ। यह जो कुछ भी मैं आपसे कह रहा हूँ यह सब मेरा अपना अनुभव है। मैंने इनसे और इन्होंने मुझसे घंटों, दिनों और

महीनों बातें की हैं। बस वे कान चाहिए जो सुन सकें। वो दिल चाहिए जो मिल सके। जब मैं उन्हें छूता हूँ तो मेरे अन्दर एक तरह का शक्ति-प्रवाह होने लगता है···मुझे लगता है जैसे मैं किसी उड़नखटोले पर सवार हो गया हूँ। आप इस अनुभव का साक्षात्कार तभी कर पायेंगे जब अपने दिलों के दरवाज़े इसके लिए खोल देंगे।"

"हमने पूछा, आप इस जखीरे का क्या करेंगे ? उस फौज का क्या करेंगे जिसे आपने अपनी सन्तान को जोड़कर तैयार की है ?"

"मैं भाईचारे का हामी हूँ। यह भाईचारा भी मैंने इन्हीं से सीखा है। ये मेरे साथ नहीं थे तो मैं भी शक, ईर्ष्या द्वेष, घृणा की कीचड़ में छप-छप करता घूमा करता था। आप इनसे डरना बन्द कर दें। तब ये आपके भी उतने ही नजदीक आ जायेंगे जितने मेरे नजदीक हैं। एक नई वास्त-विकता उजागर होगी। इनका दिया हुआ प्यार का सागर ही आप सबके लिए मेरे दिल में हिलोरें ले रहा है···आप डरें नहीं···नजदीक आयें···"

"उसी सागर में आप इन्हें भी क्यों नहीं डुबा देते ?"

"जिस दिन मैं इनको प्यार करना बन्द कर दूँगा—इन्हें नजरों से दूर कर दूँगा उस दिन मैं समझूँगा कि मेरे दिल के प्यार का सोता सूख गया है। उसी के चलते मैं अपने को प्यार करता हूँ, आपको प्यार करता हूँ—इस पूरे परिवार को प्यार करता हूँ। उन्हें कहीं किसी जगह नहीं डुबाया जा सकता। वे स्वयं सागर हैं। इन्सान का प्यार तब तक दिखता है जब तक उनमें आँखें नम होने की सामर्थ्य रहती है। जहाँ पत्थर हुईं, तो क्या बचता है ! आप मुझ पर विश्वास करें न करें पर इन पर विश्वास कीजिये। जिस रोज मैं समझ लूँगा कि आपका प्यार इनकी तरफ बहना शुरू हो गया उस दिन ये उतने ही आपके भी हो जायेंगे जितने मेरे हैं। ये बच्चे जो आपके पास मेरे दूत बनकर गये हैं इनकी आँखों में जो प्यार आपने देखा है वह इन्हीं का दिया हुआ है। ये गूंगे का गुड़ चख चुके।"

वे सब एक साथ चिल्लाने लगे, "नहीं, नहीं, यह सब ढकोसला है। सिकन्दर से लेकर हलाकू तक किसी ने हथियारों से, हथियार होने के कारण प्यार नहीं किया। वे जानते थे कि उनसे निकलने वाली आग ही यह ताकत रखती है कि बेगुनाह इन्सानों को बिछाकर सियासत का बिछौना बना दें।

हम आपकी इन बातों में न आकर अपने-आपको प्यार करने के लिए स्वतंत्र हैं।"

लोग उठ गये। अमरी पहले जैसा ही शान्त और मेहरबान बना रहा। बच्चे अवश्य अतिथियों की तरफ बढ़े! वे रुके नहीं।

नुमायश

अमरी ने एक नुमायश की तैयार की थी। उस नुमायश में उसके वे सब हथियार थे जो उसने मोहैय्या किये थे। उसकी सन्तान, चाहे वह बेटा हो या बेटी, अपने-अपने नाम के हथियारों के साथ तैनात थी। लेकिन जब मौसम ऊबड़-खाबड़ हो गया तो उसने अपना इरादा बदल दिया। इरादा बदला सो बदला उसकी खबर भी उन सब मेहमानों को करा दी जो बहिर्गमन कर गये। स्वाभाविक था कि उन्होंने उसके उन बहुचर्चित हथियारों को देखने का मौका खो दिया था जिनका आतंक चारों तरफ फैला था। अगर नुमायश देखने को मिल गयी होती तो शायद वे उसकी उस अकूत ताकत का अन्दाज लगा सकते जो रात-दिन कच्चे धागे में बंधी तलवार की तरह उनके सिरों पर लटकी थी। जब उन्होंने स्थिति पर पुनर्विचार किया तो वे इस बात से दुखी हुए कि उनके एक साथी ने दो-टूक बात करके सब खेल बखेर कर दिया। लेकिन मौके का तकाजा था कि वे खामोश रहे। यही किया भी। उल्टे उसकी साफगोई की तारीफ की। लेकिन हर जगह एक अधिक साफगो इन्सान हमेशा मौजूद रहता है। इस मसले पर भी साफगोई हुई! एक साहब ने टिप्पणी की "अगर मीटिंग एकाएक खत्म न हो गयी होती तो उसका पेट टटोलने का मौका मिलता!"

गढ़ा समझ गया कि पानी उसी की तरफ आ रहा है इसलिए तत्काल बोला, "पेट तो तब टटोलते जब हाथ पहुँचता। दोनों हाथ ऊपर खड़े करके भी घुटनों तक न पहुँचते।"

बात आयी-गयी हुई। सबको वापिस भेजने का भी उतना ही माकूल इन्तजाम था जितना आवभगत का। अमरी ने सबको गले लगा-लगाकर विदा किया।

दो

समीकरण

अमरी की घरवाली यानी उसके बच्चों की माँ लगातार सूखती जा रही थी। उसे रात-दिन चिन्ता-दर-चिन्ता खाये जा रही थी। एक ही कसक कि क्या होगा ? उसकी समझ अपने आदमी से बिल्कुल मेल नहीं खाती थी। वे आपस में एक ऐसा समीकरण बन गये थे जिसको सुलझाना उनमें से किसी के बस की बात नहीं थी। वे अपने बच्चों को उस समीकरण का हिस्सा नहीं बनने देना चाहती थी। हालाँकि बनते जा रहे थे। उसे यही डर था कि कहीं उसके बच्चे भी उतने ही टेढ़े, फौलादी और बेदिल न हो जायें। अगर हो गये तो उसका माँ होना फिजूल चला जायेगा। माँ होने की वजह से उसकी आँखें हमेशा बच्चों की आँखों पर रहती थीं। उनमें चमक और नमी है या नहीं ? अपने बच्चों को भी समझाती थी कि जैसे-जैसे आँखों की नमी और दिल की धड़कन कम होती जाती है, मनुष्य के अन्दर की माँ मरती जाती है। लेकिन वह दौर शुरू हो चुका था। यही उसकी सबसे बड़ी व्यथा थी। व्यथा की इस समीकरण में कहीं कोई हिस्सेदार नहीं था। बस सबसे छोटा बच्चा था। वह अभी बहुत छोटा था।

उस बच्चे को लेकर भी उसके दिमाग में यही सवाल था कि पता नहीं कहीं वह अपने बहिनों-भाइयों की तरह सूखा ताल न हो जाये ? वह अकेला था जो उसकी आँखों के सामने था। बाकी सब पिता के हथियारों की निगाहबानी में लगे रहते थे। अमरी ने उसकी तरफ से अपने को बहरा ही नहीं कर लिया था बल्कि गूँगा भी बना लिया था। उसका नतीजा यही हुआ था कि बाहर की तरफ़ खुलने वाली उसकी जबान अब उसके अन्दर खुलने लगी थी। कभी-कभी अपने सबसे छोटे बच्चे से बोलने के लिए निकल

आती थी "तू अपनी माँ का काल मत बनना ! मेरी इतनी सन्तानों में क्या कोई भी नहीं जो मुझे प्यार करता हो ? मुझे जिन्दा रखना चाहता हो ? जिस दिन तेरे आँखों की नमी चली जायेगी उसी दिन मुझे जाना होगा। माँ को जाने बिना संसार में किसी को नहीं जाना जा सकता।"

जब कहने पर आती तो अपने दिल की सब बातें अपने छोटे बच्चे के कानों में उड़ेलती जाती। शायद कोई कहीं टिक जाये। वह बच्चा शुरू से ही माँ की बातों पर छोटे-छोटे हुंकारे लेता था। तभी से उसके दिल में एक आस जगी थी कि बड़ा होकर शायद वह उसका सहारा बने।

धरती का टुकड़ा

दूसरे बच्चे दिन-रात परेड में खोये रहते थे। उनका आधे से ज्यादा वक्त हथियारों के साथ गुजरता था। अमरी यह मानता था, बिना साथ रहे गुण नहीं आते। मौके-ब-मौके वह उस्तादों को भी लाता था। सघन तालीम दिलाता था। हर तालीम के बाद वे और ज्यादा ठोस हो जाते थे। हाथों, कपड़ों, बिस्तरों आदि सब में गन पाउडर की-सी गन्ध रम गई थी। अपनी तालीमयाफ्ता और सजीली सन्तान को मार्च पास्ट करते देखकर उसका सीना दो हाथ ऊँचा उठ जाता था। लेकिन माँ की नाक में जब भी वह गंध जाती थी, उसका दिल बैठ जाता था। अपनी सन्तान को खिलाने का काम उसी का था। वह उसे यंत्र संचालित-सी करती रहती। कई बार, तो यह अपना खाना भी उन्हीं को खिला देती। सैनिक बच्चे नजर उठाकर कभी यह भी नहीं पूछते थे कि तू कौन है ? माँ है, तो कैसी है ? इतना खिलाती-पिलाती है आखिर यह सब कहाँ से आता है ? वे लोग खा-पीकर हाथ पोंछते हुए चले जाते। वह सोचती ही रह जाती कि इनमें से कभी तो कोई दो बात करेगा।

वह धरती का टुकड़ा हो गई थी। सूखी-खंक्खड़। कई बार उसके मन

मन में आता था कि वह उन सबको खाना खाते से रोककर कहे—पहले मेरी बात सुनो। तुम मेरे बच्चे हो। मैंने तुम्हें अपने तन से जना है। तुम में अपना मन बीज की तरह रोपा है—मैं उस सबका वास्ता देकर तुमसे कहती हूँ तुम घर लौट आओ। मेरे पास तुम्हें देने के लिए अनन्त प्रेम है। तुम उस प्रेम को लेकर इस संपूर्ण पृथ्वी पर बिखरा देना। इस संसार की जरूरत प्रेम है और कुछ नहीं। तुम उसे बिखेर कर देखो, बंजरों में भी प्रेम के बिरवे लहलहा उठेंगे। हमारा एक गलत जोड़ा है। दुनिया में और गलत जोड़े न बनाओ। लेकिन वह चुप रहती। किससे कहे? सब तो बारूद के टीले बन गये हैं। केवल दियासलाई की चिंगारी को पहचानते हैं। शब्दों का इनके लिए कोई महत्त्व नहीं। उसका पति जब भी उससे बोलता तो यही कहता कि ये सब मेरे हृदय की ऊर्जा को फैलाने वाले तार हैं। इन्हीं के द्वारा सब केन्द्र संचालित होते हैं। ये नहीं होंगे तो मेरे अन्दर बलती ऊर्जा बिखर जायेगी। जब कभी कहीं कोई विस्फोट होता या भयानक आवाज होती तो वह समझ जाती कि उसके पति की हथियारों की नर्सरी में या तो किसी हथियार ने छींका है या डकारा है।

पत्थरों की बारिश

बहुत कम ऐसा होता कि सब तरफ से निश्चिन्त होकर वह अपने सबसे छोटे बच्चे के पास बैठती। कई बार उसे अपना वह बच्चा बढ़कर इतना फैला हुआ मालूम पड़ने लगता कि सब दिशाएँ ढक जातीं। वह उसे अपनी तरफ मुखातिब महसूस होता था। वह उसे निहारती रहती! निहारते-निहारते उसे लगता कि वे एक-दूसरे से बतिया रहे हैं। अगर यह दुनिया उसके लिए जिन्दा है तो उसी बच्चे के माध्यम से।

एकाएक पत्थर आने शुरू हो जाते। वह डर जाती, कहीं लोग उसके बच्चे को तो नहीं मार डालना चाहते। वह चिल्लाने लगती। जोर-जोर से

कहती—यहाँ न कोई हथियार है और न हथियार वाले। एक माँ और उसका अबोध बच्चा है। पत्थर आने बन्द हो जाते! लेकिन यह अक्सर होता था।

बाद में जब वह आँगन बुहारती और उन पत्थरों को उठा-उठाकर देखती तो एक-एक पत्थर पर नफरत की शक्ल बनी होती। उसके पति और उसके बच्चों का नाम खुदा होता। वे तपे होते जैसे भट्ठी से निकले हों! वह उस तपिश को गहराई से महसूस करती तो समझ जाती कि ये उन सबकी आहें हैं जो उसके पति के हथियारों की तपिश से झुलस रहे हैं। वह उन्हें समेटकर रखने की सोचती। जब उसके बच्चे आयेंगे तो वह उनके सामने इनकी नुमायश लगा देगी। लेकिन कौन देखेगा? कौन समझेगा? उनकी ठहरी हुई पुतलियाँ सिर्फ़ एक ही चीज पढ़ती और देखती हैं···।

आँगन को झाड़-बुहारकर वह फिर अपने बच्चे के पास लौट जाती। बुहारने पर भी उसे अपने घर का आँगन वैसा का वैसा ही पत्थरों से भरा-भरा महसूस होता। फिर वे पत्थर फैलते चले जाते और सारी दुनिया को ढक लेते। नफरत का सैलाब-सा आ जाता। उसकी बातों का इकतरफा सिलसिला शुरू हो जाता, "देखा, नफरत का यह सैलाब! पर तू अभी छोटा है। तू क्या जाने यह कितना बड़ा नर्क होता है। पता नहीं तू इससे बच पायेगा या नहीं? हो सकता है इसका कोई प्रतिकार ढूँढ़ ले। मेरे बच्चे, भाई-बहनों की तरह तेरी पुतलियों की जगह भी काँच न उभर आयें! उनमें भी उन्हीं के अक्स न दिखायी पड़ने लगें जो पत्थर हो गये हैं।" बच्चा हुँकारा भर देता तो वह भरपूर फसल की तरह लहलहा उठती। चुप रहता तो निराशा के गार में उतर जाती। अँधेरा उसके रोम-रोम में आ बैठता!

घर के बाहर जो हवा बह रही होती वह भी उसे अपनी तरह बूढ़ी लगने लगती। फिर उसके देखते-देखते वह एकाएक उसके पति में बदल जाती और हथियारों से लैस होकर नाकेबन्दी कर लेती। सका दम घुटने लगता। लोगों की चिल्लाहटें सुनाई पड़ने लगतीं। उनकी आँखें बाहर निकलीं और लटकती महसूस होतीं। आवाज निकलना बन्द हो जाता। उसके मासूम लगने वाले बच्चे उन सबके सीनों पर अपने हथियार रखकर

खड़े नजर आते। उनके बूटों के नीचे पड़े लोग जान की भीख माँग रहे होते। उसका पति अमरी जोर-जोर हँस रहा होता—हा—हा—हा—!

फिर वह इशारा करता लौट आओ। शिकार के लिए ट्रेंड किये जा रहे कुत्तों की तरह शिकार में बिना एक दाँत भी गड़ाये, ठिकाने पर लौट आते।

किमियागर

अमरी की पत्नी को रह-रह कर लगने लगता था कि उसका पति किमियागर है। वह उन सब लोगों की जानें शीशियों में इकट्ठी करके उन पर नामों की चिप्पी लगा देता है। हो सकता है वह उनसे ऐसा रसायन तैयार करे कि वह इन्सानों की सूरत, सीरत, व्यवहार सब अपने हिसाब से ढाल सके। सब लोग हमशक्ल हो जायेंगे, उसके आदेशों का पालन करेंगे और वह उन सबका खुदा हो जायेगा। जो लोग नंगे पैरों, दाँतों-तले तिनका दबाकर उसकी सेवा में आ जायेंगे, हो सकता है वह उन्हें आजाद कर दे और कहे कि देखो तुम आजाद जरूर हो पर इतने आजाद नहीं कि फिर न पकड़े जा सको! बस याद रखना कि अमरी, यानी तुम्हारा पक्ष तुम्हें देख रहा है।

वह सोचते-सोचते इतनी परेशान हो उठती कि सिर पकड़कर बैठ जाती। उसका पति क्या से क्या हो गया? हथियारों के प्यार की बात तो वह किया करता था। लेकिन उसने यह कभी नहीं समझा था कि उसके अन्दर से एक ऐसा चरित्र पैदा होगा जिसे उस तक के लिए पहचानना मुश्किल हो जायेगा। अपनी शक्ल और व्यवहार जरूरत के हिसाब से बदलता रहेगा। जब चाहेगा सोने का हिरन बनकर छलाँग लगाता घूमेगा। जब चाहेगा इन्सान बनकर मधुर बानी बोलेगा और जब चाहेगा एक खूँखार जानवर की तरह बेसहारा और कमज़ोर लोगों पर टूट पड़ेगा।

हालाँकि अभी तक ऐसा कोई उदाहरण नहीं था जो उसकी पत्नी के इस इकतरफा सोच का समर्थन करता हो। लेकिन ये इतने हथियार क्यों? काँच की गोलियों में बदली ये हज़ारों पुतलियाँ किसलिए? आखिर प्लास्टिक के दिलों वाली इस सन्तान का वह क्या उपयोग करना चाहता है?

एक सामान्य अध्यापक इतना असामान्य हो सकता है यह उसने कभी नहीं सोचा था। यही सोचते-सोचते उसने अपनी पूरी जिन्दगी गुजार दी थी कि शायद कभी उसका पति हथियारों की उस लिप्सा की तरफ से मुँह मोड़कर इन्सानों की तरफ मुँह घुमा ले। लेकिन इसका उल्टा होता गया। अब उसका चेहरा उधर ही स्थिर हो गया है जिधर हथियार हैं।

डेमोक्लीज़ की नई तलवार

सबसे अधिक चिन्ता उसे अपने सबसे छोटे बेटे की थी। किसी दिन भी अमरी आयेगा, उसके हाथों से छीनकर ले जायेगा। वह उसे भी उसके अन्य बच्चों की तरह हथियार में बदल देगा। उसकी अपनी न कोई निशानी रह जायेगी और न पहचान। लोग यही कहेंगे कि उसकी कोख हथियार ढालने वाली भट्ठी थी। कुछ दिनों बाद लोग यह भूल जायेंगे कि औरत की कोख से इन्सान के बच्चे पैदा होते हैं। यह भी याद नहीं रहेगा कि 'माँ' नाम का भी कोई रिश्ता होता है जो चंगेज खाँ तक को इन्सान बनाने की कुव्वत रखता था। लगता है यंत्र-मानवों को ही इन्सान मानकर इन्सान की परिभाषा बदलने वाली है? मातृत्व पर यह कितना बड़ा लांछन है। अगर ऐसा ही रहा तो यंत्र मानवों को पैदा करने वाली मशीनों को भी माँ ही कहा जाने लगेगा। तब उसकी जैसी माएँ क्या करेंगी? इस आशंका मात्र से अमरी की पत्नी को पसीना आ जाता! हाथ-पाँव ठंडे पड़ जाते। वह आप ही आप बोलने लगती, "नहीं, वह ऐसा नहीं होने देगी! स्त्री होकर

'माँ' की हत्या होते नहीं देख सकती।"

उसकी अकेली आवाज रह-रहकर, घर में गूँजती रहती—स्त्री होकर माँ की हत्या होते नहीं देख सकती…नहीं देख सकती…देख सकती—! रुकती…फेड होती उस आवाज़ से वह स्वयं ही डर जाती। बच्चा सोता होता तो उसे हिलाकर जगाती और पूछती, "तू मेरा ही बेटा है ना ? तू इस बढ़ते रेगिस्तान की बढ़त को रोकेगा ना—? तू—तू इन डरे हुए अनगिनत लोगों को ढाढस बँधायेगा ना ? मेरी इस कोख को कोख ही रहने देना मेरे बच्चे…मशीन में तो नहीं बदल देगा ?"

वह बच्चा अपनी तड़फड़ाती माँ को टुकुर-टुकुर देखता रहता।

नया सिपाही

अमरी बीच-बीच में आता था और माँ की गोद में पलते अपने बच्चे को देख जाता था। जब आता तो ऐड़ी बजाकर सैल्यूट मारता और कहता दुनिया अपने नये नेता के लिए आँखें बिछाए बैठी है। जल्दी बड़े हो जाओ ! वह अनोखा हथियार तुम्हारे लिए बन रहा है जो दुनिया का सबसे शक्तिशाली हथियार होगा। नई दुनिया का उदय तभी होगा जब तुम और वह हथियार मंच पर प्रकट होंगे। तू उसे सम्मानित करेगा। वह तेरी ताकत बनेगा। इस दुनिया के शीर्ष पर तुम दोनों ही स्थित होगे।

पत्नी उसके पाँव पकड़ लेती। अनुनय-विनय करती, "तुम इस बच्चे को मुझसे मत छीनो ! इसे अपना हथियार न बनाओ। सब तो तुमने ले लिये—इसे तो मेरे पास छोड़ दो। इसी के सहारे मैं अपने को जिन्दा रखूँगी !"

वह हँसता। उसे बहकाता, "एक दिन आयेगा, तुम मानव मात्र की माँ होगी। जब ये सब सलामी देते हुए तुम्हारे सामने से निकलेंगे तो आकाश तक तुमसे ईर्ष्या करेगा।"

"मैं केवल इसी की माँ बनी रहूँ तो बहुत है। उन सबकी आँखों से माँ का रंग मिट गया। रंगों के अन्धे हो गये। जो रंग एक बार चले जाते हैं वे आसानी से नहीं लौटते। वे सब मुझसे दूर हो गये! उनके दिल में माँ का नाम नहीं गूँजता। यह एक मात्र बच्चा बचा है···इसकी आँखों में अभी माँ का रंग है! इसे मत मिटाओ!"

"लेकिन इसके लिए वह जो हथियार बन रहा है उसकी चकाचौंध सबको चुंधिया देगी। उसका तेज सूरज की रोशनी को पी जायेगा। धरती पर इतनी गर्द उठेगी, आसमान दिखना बन्द हो जायेगा। इतना पानी बरसेगा कि रेगिस्तान सराबोर हो जायेंगे—मैदान भरे हुए कटोरों की तरह झिलमिल करने लगेंगे। उस महाशक्ति का स्वामी यही है···"

"अगर तुमने मुझसे मेरे बच्चे को छीना तो मैं कुछ भी कर बैठूँगी।"

वह हँसा और यह कहता हुआ चला गया, "मैं जानता हूँ, तुम कुछ नहीं कर पाओगी। यह भविष्य का सूर्य है···यह अपने को पहचानेगा··· उस महाशक्ति को पहचानेगा जो मृत्यु-दंड की तरह इसके हाथ में सुशोभित होगी।"

•

माँ वहीं की वहीं पत्थर हो गई।

इतिहास-बोध

अमरी सबको भूल चुका था। अपनी प्रेमिका चन्दा को भी। कभी-कभी उसका ख्याल सिर्फ इसलिए आता था कि वह उसे दिखा सके कि उसकी प्राथमिकताएँ कितना परवान चढ़ी हैं। उसका अपना विस्तार चानमारी के उस सबसे विशाल मैदान से भी कितना गुना अधिक है! कर्नल ने जिन हथियारों को उसके हाथों में थमाकर उसकी कुंडलिनी जाग्रत कर दी थी और जिनका संस्पर्श आज भी उसके शरीर के अनेक हिस्सों पर उसी ताजगी के साथ मौजूद है—वे सब उसके इन हथियारों के सामने कितने

नगण्य हैं। अगर वह उसके साथ होती तो यह सब उसके लिए होता। लेकिन उसने भी उसकी भावनाओं को उसी तरह पहचाना जिस तरह उसकी विदुषी पत्नी पहचानती है। दरअसल मात्र ज्ञान से ही सब कुछ नहीं होता, व्यवहार से होता है। सच पूछिए तो चन्दा का ही नुकसान हुआ। मैं तो वही हूँ जो मुझे होना था। पता नहीं किस झोंपड़-पट्टी में पड़ी दिन गुजार रही होगी ? शक्ल का क्या हुआ होगा ? उसकी लिखावट भी उस तरह बदल गई होगी जैसे शक्ल बदलती है। यह भी हो सकता है कि वैसी की वैसी ही हो। उसे क्या पता संसार-भर के हथियारों का सम्राट उसका पूर्व-प्रेमी है।

अच्छा हुआ उसका और उसकी प्रेमिका का रास्ता अलग-अलग हो गया। जो प्राथमिकताओं का जिक्र तक बर्दाश्त नहीं कर सकती थी वह इन योजनाओं और उपलब्धियों को कैसे सहती। यह औरत, जो मेरी घरवाली है,…उस पुराने पेड़ की तरह है, जिसकी कुछ एक जड़ें उखड़ने के बावजूद मिट्टी में दबी रह गईं और मौल रही हैं। मुझे उससे क्या फर्क पड़ता है… ये पुराने मूल्य उखड़ चुके हैं। जो मिट्टी में दबे हरिया रहे हैं वे भी सूखे बिना नहीं रहेंगे। नई संस्कृति स्वतः अपना विस्तार करेगी। मेरी इतनी विशाल हथियारबन्द सन्तान की यह माँ भी तभी समझेगी ! जब तक वह उनकी माँ है तब तक कहीं कोई फर्क नहीं पड़ता। वैसे कोई अपने को पुरातत्व की तरह जीवित रखना चाहता है तो रखे। हम भी उसे इतिहास का अंश मानकर खुश रह सकते हैं। इतिहास को तो माना ही जाता है। वहाँ बहस-मुबाहसे की कोई ज्यादा गुंजायश नहीं होती। उसे सुन और स्वीकार करके ही भविष्य की ओर बढ़ा जाता है ! वह माँ है, तो मशीन भी निर्माण करती है ! मशीन भी इस परंपरागत संस्था को नये संदर्भों में व्याख्यायित करती है ! वे सब उपकरण हमारे भाई हैं ! इन्सान की माँ असल है तो उनकी माँ भी नकल नहीं। उनसे हमारा धर्म का रिश्ता है। धर्म-बहन, धर्म-भाई और धर्म-माँ…कर्म-क्षेत्र का धर्म ! वही धर्म सबसे बड़ा धर्म है ! इस बात को पत्नी से ज्यादा बच्चों ने पहचाना है। बदलते युग की नब्ज पर हम सबकी उँगलियाँ हैं।

अमरी का ध्यान बावजूद इन सब बातों के अपने सबसे छोटे बच्चे के महत्त्व और माँ की जिद की तरफ चला जाता था। माँ का यही स्वरूप उसकी छवि को बिगाड़ता है। वह इसे ही इतना क्यों चाहती है? और भी तो बच्चे हैं। जब और बच्चों को ले जा सकता है तो इसे क्यों नहीं ले जा सकता? यही बच्चा सवसे होनहार है। इसी की किस्मत में संसार के सबसे विकसित हथियार का सूत्र हमारे पास है। जब तक यह बड़ा होगा, वह हथियार भी बड़ा हो जायेगा! अपनी बात पर वह स्वयं हँस दिया। अगर मैं उसे अभी उठा ले जाऊँ तो वह मेरा कुछ नहीं कर पायेगी। लेकिन मैं ऐसा नहीं करूँगा। जिसने मुझे सन्तान दी, उसकी भावनाओं के साथ मुझे कुछ दूर तो चलना ही चाहिए। मशीन और इन्सान में यही अन्तर होता है। उसकी न भावनाएँ होती हैं और न उसके साथ चलना जरूरी होता है। वैसे भी मुझे यह सब करने की जरूरत नहीं। बिना यह सब किये भी मेरा काम चलेगा। वह डराना चाहती है। वह हथियारों से उसी तरह डरती है जैसे लोग सेना में भरती होने से डरते हैं। यह डर रोपा हुआ है। मौत का डर। जीवित आदमी मौत के बारे में कुछ नहीं जानता। कैसे आती है? कब होती है? क्यों होती है? अनुभव किसी को नहीं। बस लाश! लाश मौत नहीं। ज्यादातर लोग मौत से डरते हैं। लेकिन कुछ होते हैं जिनके लिए मौत आकर्षण है। इसी तरह हथियार भी सहज आकर्षण की वस्तु हैं। अगर इन्सान को अपनी नैसर्गिक चाह पर छोड़ दिया जाय तो इन्सान मौत से कभी नफरत न करे। हथियार उसके लिए खुशी का सबसे बड़ा माध्यम हो जायें। मेरा यह बच्चा जिसकी घुट्टी में हथियारों के लिए प्यार घुला है···कोई उसे उसके उस नैसर्गिक प्यार से कैसे अलग कर सकता है? माँ होने के कारण क्या वह उसकी आधारभूत प्रवृत्ति को बदल देगी? असंभव! एकदम असंभव! सोचते-सोचते वह हँसने लगता था। कंधे हिलाकर कुछ इस तरह के हाव-भाव बनाता था जैसे उसका कहने का आशय हो कि वक्त आने दो, बता देंगे कि क्या हमारे दिल में है। बदलते

जमाने का एक तकाजा होता है ! उसे अनदेखा नहीं किया जा सकता। अनदेखा करने का मतलब मूल प्रकृति में दखलअन्दाजी ! प्रकृति का नाराज होना हथियारों से भी ज्यादा बड़ी तबाही है।

संकल्प-विकल्प

ऐसा नहीं कि अमरी का शस्त्र-प्रेम उसे कचोटता नहीं था। जब कभी कचोटता तो शस्त्र-विद्या का इतिहास लेकर बैठ जाता था। महाभारत महापोथा ! रामायण प्रवेश ! व्यावसायिक शस्त्र विद्या के परम गुरु द्रोणाचार्य, विश्वामित्र, परशुराम, वशिष्ठ आदि सभी उसे अपने नजदीक नजर आने लगते थे। उनकी उपस्थिति उसे काफी सकून देती थी। यदि शस्त्रों से लोगों को वास्तविक प्यार न हुआ होता, काहे को लोग उन अस्त्र-गुरुओं के पास जाते और काहे वे इतने बड़े गुरु होते। हर गुरु के पास कोई न कोई ऐसा गुर जरूर होता था कि वह एक ऐसा अमोघ शस्त्र उत्पन्न कर देता था जिसकी काट मुश्किल से मिलती थी। तब लोग चालाकी करते थे। चालाकी भी अपने आपमें अद्वितीय कला थी। उसके गुरु कृष्ण थे। उन्होंने अपनी एक ही लड़ाई लड़ी। उसी में भाग खड़े हुए। जितनी लड़ाइयाँ जीतीं या जितवाईं उसी अपने गुरु-मन्त्र के बल पर ! ब्रह्मा जो सृजक माने जाते हैं उन्हें भी चैन नहीं पड़ी तो तलवार यानी असि तैयार की और दक्ष को दी। लो सँभालो। दक्ष की कन्या जया ने उसे और विकसित किया। चाँदी-सोने के धनुष और बाण—बिना प्रेम के कौन बनायेगा ! शस्त्र-प्रेम रक्त में उस समय से बहता चला आ रहा है जब ईश्वर ने संकल्प किया होगा प्रकाश हो और प्रकाश हो गया होगा···अन्धकार होने का संकल्प करते ही अंधकार ने मारा-मारी शुरू कर दी होगी। अगर वे डर गये होते तो संपूर्ण ब्रह्मांड निहत्था होता ! लोग डर के मारे अपने-अपने दड़बों में छिपे रहते—नाखून बढ़ाते और उन पर पालिश करते।

यह औरत क्या जाने ? विश्लेषण करके समझना और किसी बात को मानकर बैठ जाने में बहुत अन्तर है। प्यार भी माना जाता है और घृणा भी। घृणा को घृणा नहीं मारती और न भय, भय को मारता है। सबकी काट प्यार है। अमरी एकाएक इतना उत्तेजित हो जाता कि सोचा हुआ सब कुछ भूल जाता। घृणा और नफरत करने वालों के विरुद्ध बकने लगता। घृणा और प्रेम की उसकी सम्पूर्ण समीकरण चरमरा जाती। वह हर आने वाले खतरे का मुकाबला करने के लिए अपने को पहले से ज्यादा दृढ़ संकल्प अनुभव करने लगता। उसके इसी स्वभाव ने उसकी पत्नी को, पत्नी से एक संपूर्ण माँ में बदल दिया था। प्रेमिका को पर-स्त्री में। अपनी सन्तान के लिए भी उसका यही सन्देश था कि वे अपने को उन सब भावनाओं से मुक्त कर लें जो उन्हें कमजोर बनाती हैं और हर तरफ से आने वाली गफलतभरी, अस्पष्ट आवाजों को सुनने के लिए मजबूर करती हैं। उसकी संतान ने शपथ ली थी कि अगर उनके दिल में कोई कमजोरी होगी तो वह हथियारों के लिए होगी। इतना कहकर वे झुके थे और अपने हथियारों को उठाकर चूम लिया था ! वह आवाज सारे वातावरण में भर गई थी। शायद अब तक भरी हो।

तीन

स्वप्न-दर-स्वप्न

जिस अजीबोगरीब हथियार के बारे में अमरी सोचता था—हथियार के लिए बच्चा बढ़ रहा है या बच्चे के लिए हथियार विकसित हो रहा है—जो भी हो—वह उसके अपने लिए भी शक्ति के सर्वोच्च सोपान तक पहुँचने की संभावना की तरह था। वह इन्सानों में सर्वोच्च इन्सान और शक्तिशालियों में अभूतपूर्व शक्तिशाली बनने के निमित्त स्वप्न देख रहा था···अपने बच्चे तथा उस हथियार को पाल-पोस रहा था। उसका उद्देश्य यही था कि वह उस विचित्र हथियार के जरिये अगर चाहे तो, धरती को जल में और जल को पत्थर में बदल दे। आसमान को गर्द-गुब्बार मात्र बना दे। दरख्तों को कोयले में बदल दे। फल जहर हो जायें। धान और गेहूँ की बालों से खुसियानी के बीज झरने लगें। काल का पहिया उसके इशारे पर चलने लगे। घड़ी की सुइयों को ठहराना चाहे तो ठहरा दे और चलाते रखना चाहे तो वे निरंतर चलती रहें। उसका वह विकसित होता हथियार और बड़ा होता बच्चा संपूर्ण विश्व में फैल जाते और धीरे-धीरे आकाश बनकर सब दिशाओं को ढक लेते। एक क्षण को सब कुछ दिशाहीन हो जाता।

वह अपनी संतान को भी इकट्ठा करके ये सब बातें बताता। उन्हें उत्साहित करता कि जब तुम्हारे कदम इस लुजलुजी धरती पर पड़ेंगे तो वह डोलने लगेगी। तब तुम्हें पता लगेगा कि तुममें से हर कोई ऊर्जा की एक आत्मनिर्भर इकाई है। तुम्हें देखकर शब्द मुँह के मुँह में दफन हो जायेंगे। वे अर्थहीन होकर न सुनने लायक रहेंगे और न पढ़े जाने लायक। लोग उन्हें इशारों पर नाचते हुए देखेंगे। एक हाथ हिलने का ज्यादा

महत्त्व होगा बनिस्बत हजारों-लाखों वाक्यों की रौ के।

अपने सबसे छोटे बच्चे के बारे में भी वह अपनी पत्नी से इसी तरह की बातें कहता। तुम नहीं जानतीं तुम्हारा बेटा क्या है और एक दिन क्या हो जायेगा। इसके इशारे से पलकें झपकेंगी और उठेंगी। प्रौद्योगिक-शक्ति का वह सबसे बड़ा भंडार होगा। इस दुनिया के गोले व ब्रह्मांड के क्षितिज पर वही बैठा नजर आयेगा। जो कोई नहीं कर पाया वह तुम्हारा बेटा करेगा···हा···हा···हा···। हँसता।

अमरी की घरवाली जब पति के मुँह से इस तरह की बातें सुनती तो उसका दिल अशुभ की आशंका से काँप जाता! इतनी बड़ी-बड़ी बातों की जरूरत ही क्या है? हे ईश्वर! तू उनकी बातों पर कान न दे। क्या पता तू नाराज हो जाय और···और···खैर! यह इनकी आदत है। जितना तूने दे दिया है सँभल नहीं पा रहा। सँभालने की सामर्थ्य दे। वह उसे समझाना चाहती कि तुम ये सब बातें भूल जाओ। अपने बच्चों के लिए इतनी बद्दुआएँ इकट्ठी करके क्या करोगे? कहीं वे बद्दुआएँ तुम्हारे इन हथियारों से ज्यादा असरदार साबित न हो जायें! हथियार धरे-के-धरे रह जायें और बद्दुआएँ फट पड़ें। कौन बचेगा इन हथियारों का जाहोजलाल देखने के लिए? न मैं, न तुम, न ये बच्चे और न और कोई और! वैसे आह बड़ी मुश्किल से निकलती है। लेकिन जब दुख रात-दिन जलाता है तो वह लावा बनकर भकभकाती है। ईश्वर के दिये दुख को तो लोग हाथ जोड़कर सह लेते हैं। आदमी के दिये दुख आह में बदलते रहते हैं। क्या होगा उन सबका? कहाँ ले जाओगे? इन्सान उनसे बचने के लिए चाहे कहीं भी जाकर छिप जाय पर वह बच नहीं पाता! आग और पानी तक में पीछा नहीं छोड़ती। न गाड़ी, न हवाई जहाज, और न हथियारों की शक्ति कोई···नहीं बचा पाता। बिजली की तरह टूटकर गिरती है और सब कुछ समेट देती हैं।

लेकिन यह सब कही जाने वाली बातें दिल ही में घोरती रहतीं। कहते समय हलक सूखने लगता। सारा खून खिंचकर मस्तिष्क में चला आता। कहने से क्या लाभ होगा? चुप्पी से तंग आकर अमरी ही पूछता, "इतने बड़े शक्ति-पुंज की माँ बनकर भी क्या तुम्हें अच्छा नहीं लगेगा?"

"माँ तो बच्चे की होती है।"

"मालकिन सही !"

"मालकिन कैसी ? जो सिर पर रात-दिन लदे गुनाह के वजन को उतार कर न फेंक सके···वह मालिक कैसा। मज़दूर उससे ज्यादा खुद मुख्तार होता है।"

परशुरामी

अमरी इस तरह की बातों को सुनने का आदी नहीं था। चाहे वे किसी के द्वारा भी क्यों न कही गयी हों। वह संतुलन खो देता था। घरवाली की बातें उसे भनभन करते ततैयों की तरह लगीं। वह बड़बड़ाया। दाँत भींचे। यहाँ तक कि उसकी आँखों के गोले ऐसे हो गये कि लगा वे उसकी हथेलियों पर उतर आयेंगे और अंगारों की तरह दहकने लगेंगे। लेकिन वह शीतल जल की धारा की तरह बनी रही।

वह बोला, "तू मेरे व्यक्तित्व को नकारना चाहती है !"

वह चुप रही ! उसके दिमाग में फौरन आया कि जब यह मेरी बातों को इस तरह लेता है···औरों के तो गर्दन उठाने मात्र पर सिर कलम हो जाता होगा···या फिर जो भी कुछ उनके साथ होता होगा वह असहनीय होता होगा। उसने अपने बच्चे को आँचल में छिपा लिया और वहाँ से विदा हो गयी। जाने के बाद भी उसे लगता रहा कि वह तेजी से चहलकदमी कर रहा है और पाँव पटक रहा है। पाँव की हर धमक के साथ धरती की एक पर्त दरकती जाती है।

वह इस बात से बहुत नाराज था कि उसके अपने ही लोग उसकी ऊर्ध्वमुखी उन्नति के विरुद्ध हैं।

लेकिन वह अकेली थी। कर ही क्या सकती थी ? यह उसका दुर्भाग्य था कि उसे वह सब कुछ दिखता था जो उसके पति और उसके उन बच्चों

को नजर नहीं आता था। गनीमत यही थी कि जो कुछ हुआ था वह बन्द कमरे के अन्दर हुआ था। उसकी हथियारबन्द सन्तान अपने पिता की चढ़ी हुई भवें नहीं देख पायी थी। अगर बाहर हुआ होता तो संभव था कि वह शिव-गणों की तरह रुष्ट हो जाती और कुछ का कुछ कर डालती ! अमरी की आँखों में धधकते दोनों गोले लाल रोशनी की तरह खतरे का संकेत बन गये थे। उनको लाल होते देख उसकी सन्तान पगला जाती थी। माँ यह जानती थी कि उन आँखों का उसकी सन्तान पर कुछ ऐसा जादू था कि वह माँ के साथ भी परशुरामी करने से बाज़ न आती। न झिझक होती, न ममता और न भय ! माँ की गर्दन उतार कर पिता के चरणों में डाल देने की उसमें अद्‌भुत सामर्थ्य थी। वह तो पिता ने ही शराफत बरती कि वह कमरे में घायल शेर की तरह टहलता रहा। बाहर आकर दहाड़ा नहीं।

तिजारत

उस घटना के बाद से तैयारियाँ बढ़ गयी थीं। जो वैज्ञानिक-रोबोट उस पर काम कर रहे थे उनमें और अधिक चाबी कूक दी गयी थी। लेकिन जो बारदाना उस हथियार में इस्तेमाल किया जा रहा था उस पर होने वाला अंधाधुन्ध खर्चा अब अमरी पर भारी पड़ने लगा था। कई बार उसका मन आशंका से घिर जाता था कि वह अपनी इस योजना को आखिर तक ले भी जा सकेगा या नहीं। कहीं उसका धैर्य-सेतु बीच ही में जवाब न दे जाय ? लेकिन इस बात के दिमाग में आते ही उसे लगता कि वह हार रहा है। हारने की कल्पना करने वाले इन्सान के लिए जीत की राह पकड़ना असंभव हो जाता है। या तो वह हार की कल्पना करे या जीत के लिए काम। इस बात के दिमाग में आते ही वह पहाड़ी रीछ की तरह, निराशा को वर्फ के कणों की तरह झाड़कर खड़ा हो जाता था।

छोटे से छोटे हथियार के लिए तड़पड़ाते दरोगा के उस बेटे ने हथियारों की तिजारत शुरू कर दी थी। उसके द्वारा बेचे जाने वाले हथियारों को खरीदने के लिए उसके उन हल्कों के लोग परेशान थे जिनके सामने अस्तित्व का खतरा था और सुरक्षा के लिए साधन एकत्रित करने के लिए पर्याप्त धन नहीं था। कौम के लिए कुछ करने का जज्बा निरंतर परेशान करता रहता था। अमरी उन सबको साँस बँधाये था। वे जरा भी परेशान न हों, आवाज देने की देर है वह मयहथियारों के हाजिर हो जायेगा। वह बिना संकोच कहता घूमता था कि जो हमारे साथ हैं उनका खतरा हमारा खतरा। उनकी तकलीफ हमारी तकलीफ। उनकी जरूरत हमारी जरूरत। लेकिन जो साथ नहीं, वह चाहे कहीं भी हों, दुश्मन माने जायेंगे। उनका सुख हमारा काँटा। उनका दुख हमारा सुख। उनकी मुसीबत और हमारी तफरीह। उसका यही एकमात्र नारा था, दोस्त के साथ दुराव क्या और दुश्मन के साथ ब्यौहार क्या! जो और जितना लेना, वो और उतना ही देना। दोस्त बनाने की उसकी शर्त एक ही थी। घुटनों के बल चलना सीखो। मुश्किल लगे तो पेट के बल रेंगो। वह भी मुश्किल लगे तो जो हम कहें उसे ही दोहराओ। अगर यह भी समझ में न आये तो भाड़ में जाओ। भाड़ खुदवाने का काम हम कर देंगे। उसकी इस नीति का नतीजा यह हुआ था कि जिनको अपने आपसे प्यार था, उन्होंने तो इन तीनों विकल्पों में से एक चुन लिया था। जिन्होंने एक चुना था वे दूसरे विकल्प चुनने वालों को नाम रखते थे। कितना पतन हो गया! घुटनों के बल चलता है! दूसरे विकल्प वाले बाकी दो को हिकारत की नजर से देखते थे। आखिर कुछ तो आत्मसम्मान होना चाहिए। ऐसा भी क्या कि जो मालिक बोलता है वही रट्टू तोते की तरह दोहराते हैं। चाहे कुछ कर लेते पर इस तरह पेट के बल तो न रेंगता। सबका अपना-अपना चुनाव था और अपनी-अपनी स्थितियाँ थीं। लेकिन वह इन तीनों ही स्थितियों को तटस्थ भाव से देखता था। अपने पैरों पर खड़े होने को वह वाजिब खड़ा होना नहीं मानता था। क्योंकि उससे गति भी तेजी हो जाती है और आवागमन भी बढ़ जाता है। आज यहाँ, कल वहाँ। ऐसी दोस्ती के लिए जिस स्थायित्व और सहिष्णुता की जरूरत होती है वही नहीं रहता।

नतीजा यह हुआ था कि घुटनों चलने और उस्ताद द्वारा गायी हुई पंक्ति को बुलन्द आवाज में उठाने तथा पेट के बल रेंगने का फैशन बन गया था। बहुत से वर्गों में हथियारों की इफरात भी हो गयी थी। रिश्ते मजबूत बन गये थे। यहाँ तक कि चलने, उठने, बैठने के तरीकों को सिखाने के लिए अनुबन्ध हो गये थे। ज्यादातर अनुबन्धों की शर्तों की पूर्ति का जिम्मा उसी के ऊपर था।

चूँकि नया और विचित्र हथियार बन रहा था, अतः उनके लिए जगह बनाने के लिए कुछ पुराने हथियार निकालना जरूरी हो गया था। उसके सामने यह सबसे बड़ी समस्या थी कि वह उपलब्ध जगह का उपयोग अपने नये हथियारों को रखने के लिए करे या पुरानी सन्तान को बसाने के लिए? या फिर संतान को भुलाकर नये और पुराने हथियारों को ही रखता चला जाय? सन्तान को लेकर भी समस्याएँ बढ़ने लगी थीं। पहले तो वे लोग अपने हथियारों से चिपके पड़े रहते थे। लेकिन अब उनकी मानसिकता में धीरे-धीरे परिवर्तन आ रहा था। उनमें थोड़ा-थोड़ा सोचने का माद्दा बढ़ता जा रहा था। जरूरतें बढ़ने लगी थीं। यद्यपि वे एक साथ रहने के सिद्धान्त को मान चुके थे परन्तु अब उन्हें अलग तरह की जगहों की जरूरत महसूस होती थी। पिता और मालिक के फर्ज को निबाहने की गरज से अमरी को अलग-अलग जगहों का प्रबन्ध करना पड़ा था। नतीजा यह हुआ था कि अब वह ऐसे हथियारों का हामी हो गया था जो देखने में छोटे हों पर मार ऐसी करते हों कि लासानी हों। वक्त को इस तकाजे की भरपायी के लिए ही उसने इन नये हथियारों की जरूरत महसूस की थी और वह उन्हें भरपूर तरजीह देना चाहता था।

जूता-सलाम

इधर अमरी खर्चे से परेशान था। उधर जरूरत का पेट फैलता जा रहा था। नये हथियार ईजाद करने वालों को ऐसे-ऐसे किमिया चाहिए थे कि जिनके बनाने में कारू का खजाना खर्च हो जाये। उसने एक तरकीब निकाली। उसके दोस्तों का एक तबका था जो पैसे वाला तो था पर मौज-मस्ती में रहता था। पैसा फेंक तमाशा देखने वाला यह तबका पैसे को ही ताकत समझता था। उसने उन्हें समझाया कि हथियार की मोहब्बत हम-बिस्तर नाजनीन की मोहब्बत से कितनी ज्यादा पायेदार होती है। दोस्तों के आपसी तफरकों को भी हवा दी। उससे उसके प्रयत्नों को असफलता भी मिली और बल भी। यह सवाल एक दूसरी तरह की तफसील की माँग करता है, इसलिए उस पर न जाकर अपनी बात को यहीं तक महदूद रखा जाय। नतीजा यही हुआ कि उनके दिलों की बेफिक्री का आधार भी हथियार होते गये। क्योंकि उनका एक दोस्त यानी अमरी पहले से ही इस काम में जुटा था। ज्यादा पढ़ा-लिखा और दूर अन्देश था। इसलिए उन्होंने अपनी दौलत का एक हिस्सा उसी हथियार पर खर्च करने का फैसला किया। तय पाया गया कि हथियार तैयार होने पर उनकी जरूरत भी उतनी ही मुस्तैदी से पूरी की जायेगी जितनी मुस्तैदी से अमरी अपनी जरूरत पूरा करने का इरादा रखता है। उसने अपने उन दोस्तों के साथ इस बारे में भी एक लिखित करार कर लिया। चूँकि उस करार के तहत हथियार तैयार होने पर उनको भी दिये जाने थे जिन्होंने पैसा लगाया था। नतीजन उन्होंने अपनी थैलियों के मुँह खोल दिये। पैसा रौ की तरह आने लगा। अमरी-योजना पूरी तैयारी के साथ चालू हो गयी।

अमरी के पिता बताया करते थे कि एक जमाना था कि उनके बुजुर्ग आसामियों को कर्जा देते थे और मुँहमाँगा सूद वसूल करते थे। फसल पकती थी तो सूद की उगाही में फसल की फसल कटवा ली जाती थी। अमरी का तरीका इससे भिन्न था। दरअसल उसका परिवार इतना बड़ा हो गया था कि उनका पेट भरने और सुख-सुविधा मोहैय्या करने के लिए उसको

रसद व अन्य चीजों की जरूरत पड़ती थी। क्योंकि उसने उनका एक-आयामी दिमाग बना दिया था, इसलिए उनकी जरूरतों की तरफ वह जरूरत से ज्यादा ध्यान देता था। खेती या अन्य उपज के साधन उसके पास नहीं थे। इस काम के लिए उसे लामुहाला औरों पर निर्भर करना पड़ता था। लेकिन उसका तरीका अपने बुजुर्गों जैसा फूहड़ नहीं था। वह न लोगों की फसलों पर नजर रखता था और न जमीन हड़पता था। हथियार देता था और किश्तों में उनकी पैदावार सोखता था। कई बार उनकी जरूरत के वक्त काम भी आता था। ऐसे में आर्थिक या असलाही सहायता देकर अपनी साख बरकरार रखने की उसकी पूरी कोशिश होती थी। वे लोग चाहे अन्दर से कितना भी नाराज होते हों परन्तु ऊपर से उसकी बातें इतनी तर्कसंगत और रहम-भरी होती थीं कि किसी का कुछ भी कहने का साहस नहीं होता था। वह अपनी इस योजना से पूरी तरह संतुष्ट था। उसने अपने आपको उसी एक बिन्दु पर ही नहीं ठहर जाने दिया। जैसे-जैसे साख बढ़ी, शर्तों को कसा और हथियारों की खूबियाँ बढ़ाईं··· बढ़ाने के अलावा उनका प्रचार ज्यादा कराया। यही नहीं, उन हथियारों पर प्रशिक्षण की जिम्मेदारी भी अपनी हथियार-संपन्न सन्तान पर डाली। प्रशिक्षण देते समय वे अपने हथियारों की खूबियों का एक भरे हुए रिकार्ड की तरह भरपूर बखान करते थे। स्वभावतः उस व्यावहारिक प्रचार का आसामियों पर अच्छा प्रभाव होता था।

कुछ साहूकार दोस्तों से उसने यह कहकर भी पैसा उधाया था कि लाभांश में वह उन्हें भी हिस्सेदार बनायेगा। वे चाहें तो अन्तर्राष्ट्रीय मुद्रा के रूप में लाभांश प्राप्त कर लें अन्यथा हथियार ले लें। उसने उनको कुछ गोपनीय किस्म के हथियारों की टेक्नालाजी भी देने का आश्वासन दिया था। परन्तु करार सिर्फ रुपये और उसके वापसी-भुगतान की शर्तों के बारे में ही किया गया था। यदि किन्हीं दो दोस्तों के बीच जान-जान की बाजी लगी थी तो उसने उन्हें अलग-अलग अपनी दोस्ती का यकीन दिलाकर एक दूसरे से अच्छे हथियार देने का वायदा किया था। दोनों ही दोस्त उसकी इस हमदर्दी के प्रति अलग-अलग कायल हो गये थे। तारीफ करते-करते उनका मुँह नहीं थकता था। वह उनको साफ बता देता था कि दूसरा कितनी

कीमत देकर उसके हथियारों को खरीदना चाहता है। क्यों खरीदना चाहता है ? इसीलिए न कि वह तुम्हारी खुशहाली से जलता है। उसे बरबादी में बदलना चाहता है। यह कभी नहीं होगा। अगर मैं झुकूंगा तो तुम्हारी तरफ। दूसरे की तरफ नहीं। इस बात से उसे नफरत है कि कोई किसी की पीठ में छुरा भोंके। अमरी सबको समझता है। उसके घुटने बाहर की तरफ नहीं मुड़ते, पेट की तरफ मुड़ते हैं। उसके कदम मौत की तरफ नहीं बढ़ते, जिन्दगी की तरफ चलते हैं। हथियारों का व्यापार नफरत या मारा-मारी का व्यापार नहीं है। बल्कि प्रेम का व्यापार है। कई बार सुवासित तेल या इत्र प्राप्त करने के लिए दबाव की प्रक्रिया अपनानी पड़ती है। प्रेम संघर्ष में ही परवान चढ़ता है। वह अपना एन्टीना दोनों फरीकों की छत पर पूरी महारत के साथ गाड़ देता था। अपने दोस्तों के घरों को वह अपने हथियारों के गोदाम में बदलता गया।

अमरी जानता हो या न जानता हो, लोग उसे हथियारों की दुनिया का दादा मानने लगे थे। बिना लड़े-भिड़े और बिना खून-खराबे की राजनीति में उतरे हुए भी उसे 'तैमूर' समझा जाने लगा था। लोग उधर से गुजरते थे और यदि वह अपने तख्त पर मौजूद भी नहीं होता था तो उसके जूतों को सलाम करके आगे बढ़ते थे।

प्यार की राह

इतने साधनों के बावजूद वह आश्वस्त नहीं था कि वह उस हथियार का पेटा भर ले जायेगा। उसके सामने वे सब स्थितियाँ स्पष्ट थीं जिनके चलते सोने को ईंधन की तरह झोंका जा रहा था। मनों सोना जलता था, उपलब्धि छटाँक में होती थी। प्रक्रिया को बार-बार दोहराना पड़ता था। इधर घर में ही एक दूसरी तरह का दबाव बढ़ता चला जा रहा था। वह दबाव उसकी अपनी सन्तान की तरफ से था। सन्तान होते हुए भी वे सब

अपनी-अपनी इकाइयों के मालिक और सम्बन्धित योजना के किंगपिन बनते जा रहे थे। वे उससे बेझिझक पूछते थे कि इस नये हथियार के निर्माण के बाद हम क्या करेंगे ?

वह उन्हें समझाता था। उसका एक ही संदेश था प्यार ! उसका कहना था, "प्यार करो ! जब प्यार स्वतंत्र और आत्मनिर्भर होने लगता है तो संकट और संघर्ष बढ़ जाते हैं। शुरू में तुमने मेरी प्रेरणा से हथियारों को प्यार किया। अफायें-जफायें मैंने झेलीं। अब तुम्हें स्वतंत्र रूप से प्यार करना होगा। मेरी उँगली पकड़कर प्यार के इन कटीले और अनन्त पथ पर कब तक चलोगे ? उँगली पकड़कर ले चलना अब तुम्हें पसन्द भी नहीं आयेगा। इसलिए अपने प्यार के आप रहबर बनो ! मैंने तो हथियारों के प्यार करने का वातावरण बनाकर तुम्हें सौंप दिया— मैंने जब शुरू किया तब न कोई स्पष्ट परम्परा थी और न मानसिकता। तुम्हें तो रास्ता बना-बनाया मिला है !"

अमरी के भाषण के बाद उन सबको अपना चेहरा अपनी आँखों में दिखाई पड़ने लगता था। लेकिन अमरी विलय हो जाता। बच्चों को हथियारों की लहराती खेती वाला भविष्य उसी तरह नजर आने लगता जैसे प्रायोजित कार्यक्रम देख रहे हों। नान और मुर्ग-मुसल्लम भरी प्लेटें बनकर वह उन्हें ललचाने लगता। बढ़िया से बढ़िया शराब से लबालब पीपे बनकर उन्हें मदहोश कर देते। सुन्दर से सुन्दर और कोमल से कोमल सुन्दरी में बदलकर आँखों में छलकती लालसा का रूप ले लेते। कानों में बाबर का वही संदेश बजने लगता जिसे सुनकर उसके सिपाहियों के सामने जीत का रास्ता खुल गया था—मेरे सिपाहियों ने इस सोने की चिड़िया को मुट्ठी में दबोच लिया तो दूध, दही और शहद की नदियों में नहाओगे, सोने-चाँदी के तूतों से वज़ू करोगे—हीरे-जवाहरात के कमरबन्दों में अपनी शमशीरें बाँधोगे ! अगर हार गये तो बहिश्त मिलेगा—हूरें तुम्हारी हमबिस्तर होंगी—खुदा का यह काम तुम्हें उसके दामन के पास ले जायेगा—तुम्हारे दोनों हाथों में लड्डू हैं। इसे खाओ— या उसे। खाने की बात उनकी समझ में भी आयी थी। जब अमरी वही बात अपनी सन्तान से कहता था तो वह भी खुशी से नाच उठती थी। उनकी आँखों के सामने लड्डू बिछ जाते थे। उन्हें अपना

पिता एक विलक्षण जादूगर नजर आने लगता था। वे समझते थे कि इच्छा मात्र से ही वह उनके लिए सब कुछ उपलब्ध करा देता है। वे अपने फर्ज के प्रति और ज़्यादा प्रतिबद्ध हो जाते थे। लेकिन उनके मन में एक भय भी अंकुरित होता जा रहा था कि कहीं उनका पिता नाराज होकर उनका यह स्वर्ग तहस-नहस न कर दे। यह बात तभी से शुरू हुई थी जब से वह अनोखा हथियार और उनका सबसे छोटा भाई साथ-साथ बढ़ने शुरू हुए थे।

सवालों पर सवाल

जब से अमरी को यह पता चला था कि उसकी सन्तान ने सोचने की प्रक्रिया चालू कर दी—उनके दिमागों में सवाल कुलबुलाने लगे—हालात का दबाव उनकी पेशानी पर झलकने लगा—तब से उसको चिन्ता बढ़ने लगी थी। वे सोचने लगे तो क्या होगा? उसने इसीलिए हर बच्चे को हथियार से जोड़ा था कि वह अपने को उस हथियार में खो दे। अगर उन्होंने यह सोचना चालू कर दिया कि उनके अपने हथियारों के अलावा अन्य हथियारों से भी उनका रिश्ता क्यों नहीं बनता तो वे भटक जायेंगे। वे इस पूरी व्यवस्था पर प्रश्नचिह्न लगा सकते हैं। इस तरह की व्यवस्था में सोच और विरोध का कोई स्थान नहीं। अगर वे ये सोचते हैं कि उनका पिता उन्हें तहस-नहस करके मिट्टी में मिला सकता है तो स्वाभाविक है कि उनका सबसे ज्यादा वक्त और दिमाग पिता को दुश्मन करार देने में और उससे बचने या उसे मात देने में गुजरेगा। उसने तरकीब निकाली। उनकी सुख-सुविधाएँ तो बढ़ाई हीं, साथ ही आदर्शों की प्रति उनकी आस्था को और उकेर दिया। यथार्थ के साथ बनने वाले रिश्ते को कमज़ोर करने के तरीक़े लागू किये। निश्चिन्तता में वृद्धि की। काम और परेड के कार्यक्रमों को सघन कर दिया। अमरी ने इस बात को समझा कि उनके ऊपर किसी

भी तरह का दबाव बढ़ाकर सोचने का अवसर देना व्यवस्था को तहस-नहस करना होगा। सोचने का काम उनका नहीं, उसका है। हर एक सोचेगा तो समस्याओं का जंगल उग आयेगा। समाधान ढूँढ़े नहीं मिलेगा। उन्हें अपने आपको दिमाग तक न ले जाकर हाथों-पैरों तक महदूद रखना है। ऊपर उठने का मतलब धमाका। व्यवस्था का तहस-नहस। क्योंकि उस हालत में वे किसी भी सीमा तक जा सकते हैं। सोच का कोई अन्त नहीं होता। उसने अपने संसाधनों का उन पर भी उस तरह प्रयोग करना आरम्भ किया जिस प्रकार वह अपने उस लासानी हथियार पर कर रहा था। हालाँकि उसे कठिनाई का सामना करना पड़ रहा था। इसके अलावा उसके पास कोई रास्ता नहीं था। यह बात उसके सामने स्पष्ट हो गयी थी कि उसकी यह सन्तति उसके संघर्ष और चिन्तन में कतई हिस्सेदार नहीं हो सकती। यदि उसे अपनी महत्त्वाकांक्षाओं को फलते-फूलते देखना है तो इस पूरे कालकूट को स्वयं विषपायी की तरह गटकना होगा। एक बूँद भी छलककर गिरी तो सब कुछ नष्ट हो जायेगा। स्वतंत्रता का संदेश न देकर, हथियारों के प्रेम को छोटे-छोटे कौरों की तरह खिलाते चले जाना है। बस वे जुगाली करते रहें। यह भी न सोच पायें कि वे क्या कर रहे हैं और क्यों कर रहे हैं? प्यार की दुनिया में क्या, क्यों और कैसे का कोई स्थान नहीं···!

फलाफल

पूरा दबाव उसने अपने ऊपर ले लिया था। उसकी जरूरतें बढ़ गयी थीं। अब वह उन सब तरीकों पर उतर आया था जिन्हें उसने अब तक नहीं छुआ था। हथियारों के मूल्य बढ़ा दिये थे और वसूली तेज कर दी थी। उसके लिए वह दादागिरी का भी इस्तेमाल करता था। वह दादागिरी बेढंगी न होकर ढंगदार थी। वह अपने को मित्र कहता था। साथी बताता था। शुभचिन्तक होने का आश्वासन देता था। बाद में यह भी बता देता

था कि इन सब रिश्तों के अलावा उसका एक और भी रिश्ता है, यानी वह उनका एक मात्र रक्षक है । हरएक की किसी न किसी से खटपट रहती है । इसलिए वह उसका भी इस्तेमाल करता था । उसका यही कहना होता था कि मैं तुम्हारी रक्षा करता हूँ । अगर मैं अपने हथियार तुम्हें न देकर दूसरे पक्ष को देने लगूँ तो जानते हो तुम्हारा क्या होगा ? मैं दोस्त पहले हूँ । करूँगा नहीं । अलबत्ता तुम्हें मेरी जरूरतों का भी ध्यान रखना होगा । एक बार तो उसकी आर्थिक स्थिति इतनी डावाँडोल हो गयी कि उसे सोचना पड़ा कि वह अपनी उसी तकनीक को बेचकर साधन उपलब्ध कर ले जिसे उसने बड़े संघर्ष के बाद उपलब्ध किया था । लेकिन ऐसे लोगों की मदद के लिए ऐन मौके पर कोई न कोई आ ही जाता है । उसका एक दोस्त आ गया । उसने अपना खजाना खोल दिया । वरना उसकी साख मिट्टी में मिल गयी होती । जिन दोस्तों ने इस यकीन पर मदद की थी कि उसकी सफलताओं में उनका भी हिस्सा होगा, वे उसकी तरफ़ से हमेशा के लिए मुँह मोड़ लेते ! तब वह एक दिवालिये से ज्यादा कुछ न रह जाता । एक इतने शक्तिशाली और साधनसम्पन्न महानुभाव का दिवालिया हो जाना उस पूरी व्यवस्था को तहस-नहस कर सकता था जिसका वह नियामक था ।

उस खजाने के खुलते ही उसका वह अद्भुत हथियार तैयारी के अपने अन्तिम चरण में आ गया । इस बात की उसने उम्मीद भी नहीं की थी । जो कुछ भी हुआ था वह एक चमत्कार की तरह हुआ था । उसकी माँ जब मक्खन निकाला करती थी तो कभी-कभी मक्खन बिरट जाता था । रई चलाते-चलाते हाथ थक जाते थे । मक्खन दूर-दूर तक नहीं दिखाई पड़ता था । लेकिन एकाएक पता चलता था कि मक्खन का थक्क का थक्क तैरने लगा । कुछ इसी तरह हुआ था ।

वैज्ञानिकों ने जब अमरी को वह उपलब्धि दिखाने के लिए आमंत्रित किया तो वह बड़ी खुशी से गया । लेकिन जैसे ही उस अद्भुत हथियार को देखा तो उसे लगा जैसे वह आसमान से गिर गया हो । जिस हथियार की उसने दो दशकों तक प्रतीक्षा की थी वह सिर्फ एक कछुए जितना था । वह भरभरायी आवाज में बोला, "क्या इसी के लिए मैंने यह सब किया था । तुम लोगों के कहने पर मैंने अपने सारे साधन इसमें झोंक दिये···! खोदा

पहाड़ निकला यह कछुआ।"

वैज्ञानिकों ने बड़ी मुश्किल से उसे सँभाला। उनका कहना था कि आकार में यह चाहे जितना छोटा हो, विस्फोट के साथ ही इसकी किरणों का ऐसा विकीरण होगा कि कोई भी इन्सान या जीव ऐसा नहीं बचेगा जिसके शरीर पर तत्काल मौत का खाका न बन जाये और वह चन्द दिनों में छटपटाकर प्राण न दे दे। वनस्पति, जल, वायु, प्रकाश, ऐसा कोई नहीं बचेगा जो इसके प्रभाव से मुक्त हो। जहाँ-जहाँ इसके कण गिरेंगे वहीं-वहीं वे अपने से हजार गुना होकर प्रकट हो जायेंगे। सारी धरती पर ये प्रजनित और पुनर्प्रजनित कण फैल जायेंगे। वे ही लोग बचेंगे जो उन कणों से बचने के लिए सुरक्षा कवच पहने होंगे। सुरक्षा कवच का डिजाइन और सूत्र तैयार कर लिया गया है।

वह खुशी से नाच उठा। दरअसल वह समझा था कि कोई ऐसा हथियार निकलेगा जिसे लाने-ले जाने के लिए विशेष तरह के कैरियरों और लांचर्स का इस्तेमाल करना होगा। इस बात को सुनकर उसे और भी खुशी हुई कि उसके प्रयोग में आने वाला लांचर किसी भी हवाई जहाज पर फिट किया जा सकता है। उसकी प्रक्षेपण-शक्ति तीव्र से तीव्र और सूक्ष्म से सूक्ष्म हो सकती है। अगर हवाई जहाज की गति इतनी तीव्र नहीं हुई कि वह उसे गिराने के बाद एक क्षण के हजारवें हिस्से में उसके वृत्त से बाहर हो जाये तो उससे निकलने वाला किरणपुंज उसे भी नष्ट कर सकता है। उन सब बातों को जान लेने के बाद उसने आकाश में उड़ना शुरू कर दिया था। संपूर्ण ब्रह्मांड उसे अपने पैरों के नीचे दबा नजर आ रहा था। वह उड़ता चला जा रहा था। अनन्त आकाश उसकी उड़ान की सीमा हो गया था। सारी दुनिया उसकी आँख की पुतली में समा गयी थी!

बलाघात

अमरी अपनी उपलब्धि के चरम बिन्दु पर था। लेकिन एक छोटी-सी उलझन उसे बेचैन किये थी। इस हथियार को वह किसे सौंपे ? किसे प्रशिक्षण के लिए भेजे ? उसकी सन्तान पहले से ही इस हथियार पर नजर गड़ाये थी। उस नजर को वह पहचान रहा था। लेकिन किसी भी प्रकार की स्वीकृति देने के पक्ष में नहीं था। वह नहीं चाहता था कि उनके दिमाग फिर से चालू हों और उसके लिए तबाही बरपा करें। एक ही रास्ता नजर आता था कि वह अपने सबसे छोटे बेटे को ले आये।

जितना समय उस हथियार के विकास में लगा था उसी अनुपात में उसका वह बेटा भी बढ़ा था। वह भी करीब-करीब उसी उम्र के आसपास था जिसमें अमरी की अन्य सन्तान हथियारों के प्रेमपाश में बँधी थीं। न जाने क्यों अमरी इस बात के प्रति आश्वस्त था कि जब वह अपने छोटे बेटे के सामने प्रस्ताव लेकर जायेगा तो वह तत्काल तैयार हो जायेगा। आखिर उसकी रगों में उसका अपना खून बहता था ! खून कभी धोखा नहीं देता। अगर परेशानी हो सकती थी तो उसकी माँ की तरफ से। माँ का हित बाकी सबके हितों से ऊपर नहीं हो सकता था। वह सीधा वहाँ पहुँचा।

बच्चे की माँ रोज उसे भयग्रस्त पड़ोसियों की तकलीफों की कहानी सुनाया करती थी। उससे कहा करती थी कि अगर तुझे पड़ौसी की मदद नहीं करनी तो उसकी तकलीफ का कारण भी मत बन। अमरी जब पहुँचा तो वह यही सब कह रही थी। वह दरवाजे पर ठिठक गया। अपने तूफानीपन को अन्दर ही समेट लिया। माँ बेटे से कह रही थी, "मैं अपने किसी भी बच्चे को परदुख को अपना दुख समझना नहीं सिखा पायी ! जब तक वे समझने योग्य होते, तेरे पिता उन्हें ले गये ? मैं क्या करती ! मुझे सदा देवकी याद आती है—उसके बच्चे भी इसी तरह छिन जाते थे। वे अपने एक बच्चे को तो बचा पायी ! मैं उतना भी नहीं कर पाऊँगी ! वहाँ मामा था यहाँ पिता हैं। पिता हैं, इसलिए मारते नहीं। पर जो कुछ करते हैं उससे उनका शरीर ही शरीर रह जाता है—दूसरे के दुख से दुखी और सुख

से सुखी होने वाली आत्मा पता नहीं कहाँ चली जाती है। लगता है वही हिस्सा सुन्न हो जाता है···उसकी जगह हथियारों को प्यार करने वाला हिस्सा लग जाता है। बेटा, मैं तुझे इसीलिए यह सब बताती हूँ जिससे माँ की ये बातें···और कुछ नहीं तो सूखी पत्तियों की तरह ही कहीं अटकी पड़ी रह जायेंगी ! तेरे और भाई-बहनों की आँखों में न तो पानी है और न खून में लाली—दिलों में धड़कन भी इतनी है कि बस धौंकनी चलती रहे···! मैं जानती हूँ कि मैं चाहकर भी तुझे उस मिट्टी में रोपे जाने से नहीं रोक पाऊँगी। तू भी पहचान भूल जायेगा—तेरी आँखों में भी काँच उतर आयेगा, लेकिन मेरे बच्चे, अगर तू चला भी जाय तो अपनी तरह जिन्दा रहने की कोशिश करना। इन्सान को प्यार करना न भूलना। वही ईश्वर की सबसे बड़ी कारीगरी है !"

हालाँकि अमरी को उसकी बात सुनकर गुस्सा आंना चाहिए था। उसकी घरवाली होकर भी उसने उसके और उसकी सन्तान के खिलाफ जहर उगला था। उसे सबसे ज्यादा सकून इस बात से हुआ कि उसकी पत्नी यह समझ गई कि उसके बेटे को जाना होगा। इस बार भी उसने अमरी की इच्छा के सामने घुटने टेक दिये। वह खुशी-खुशी धड़धड़ाता हुआ अन्दर घुसा।

उसे देखते ही माँ बोली, "ले बेटा, तेरे पिता तुझे लेने आ गये।"

बेटे ने पिता की तरफ देखा। पिता का चेहरा खिला हुआ था। जिसकी उसने कल्पना भी नहीं की थी वही होने जा रहा था। बिना पत्नी की तरफ देखे अमरी ने कहा, "चलो, तुम्हारा कर्म-क्षेत्र तुम्हें बुला रहा है। इतने वर्षों तक माँ के संरक्षण में रहकर माँ के प्रति अपना कर्त्तव्य निबाह चुके, अब पिता के सेवा-जगत में आओ। जगत की सेवा ही ईश्वर की सेवा है। उसमें न प्रश्न है न उत्तर ! लेकिन यह समझ लो कि सेवा के लिए भी मनुष्य को सामर्थ्यवान होना पड़ता है। ईश्वर हो या जगत, माँ हो या पिता, समाज हो या देश—किसी की सेवा बिना शक्ति के संभव नहीं। शक्ति के प्रतीक हैं अस्त्र-शस्त्र, हथियार ! निर्जीव होते हुए भी, जानदार को कई गुना करके लौटाने वाले हैं। यह सिद्धि हैं, यही उपलब्धि हैं—संसार का सर्वश्रेष्ठ और कालजयी शस्त्र तुम्हारी प्रतीक्षा कर रहा है ! पहले तुम उसके

संरक्षण में रहोगे फिर वह तुम्हारे संरक्षण में रहेगा। अन्त में तुम दोनों एक ऐसे बिन्दु पर आकर मिल जाओगे जहाँ तुममें और उसमें कोई अन्तर नहीं रह जायेगा। वह तुम्हारे कर्म की प्रेरणा हो जायेगा। तुम उसकी सफ-लता के एकमात्र स्वामी बनकर इस जगत पर छा जाओगे ?"

अमरी की पत्नी बीच में आकर खड़ी हो गयी, "नहीं, तुम मेरी इस आखिरी सन्तान को तो मेरा होकर रहने दो—सबको ले गये ! मेरा तो घर भी खाली और कोख भी खाली।"

वह हँसा, "तुम जानती हो कि इसे जाना है। तुम चाहकर भी नहीं रोक पाओगी।"

"मैं प्राण दे दूँगी।"

"तुम्हारे प्राण बने रहें तो अच्छा है। ये सब बिना माँ के बच्चे नहीं कहलायेंगे। अगर चले जायेंगे तो मैं समझूँगा उन्हें जाना ही था !"

"लेकिन···"

"अब लेकिन का समय नहीं।"

"मैं जानती थी कि तुम मेरे अन्तिम आधार बिन्दु को भी नहीं सह सकोगे ? औरों की तरह इसे न खत्म कर देना। इसका दिल-दिमाग, इसी का रहने देना—मुझे कहीं तो जिन्दा रहने दो। कम से कम इसकी चेतना में तो बनी रहूँगी—अगर तुमने इसके दिल-दिमाग को भी बदल दिया जो इसकी संवेदना भी मर जायेगी···"

इस बार वह और भी जोर से हँसा। बोला कुछ नहीं। बेटे ने सिर्फ माँ की तरफ देखा और चुपचाप पिता के साथ हो लिया।

अभिषेक

अपने सबसे छोटे बेटे को लेकर जब अमरी अपनी छावनी में पहुँचा तो उसकी हथियारबन्द सन्तान जोर से हू-हू करके चिल्लायी। वे शांत भाव से

उनकी ओर देख रहा था। उसे उन सबकी शक्लें एक-सी नजर आ रही थीं। उनके चेहरे कछुए की पीठ की तरह सख्त और उभरे थे। चिल्लाते समय उनकी गर्दनें लम्बी हो गई थीं।

पिता ने उन्हें संबोधित किया, "यह तुम्हारा सबसे छोटा भाई है। मैंने इसका अभिषेक भी उसी तरह नये शस्त्र से करने का निश्चय किया है जैसा तुम सबका हुआ था। यह भी तुम्हारी ही तरह शस्त्रानुरागी बनेगा।"

उन सबके चेहरों पर क्षण-भर के लिए बिजली की कड़क की तरह की एक लहर कौंधती हुई निकल गयी। पिता समझ गया था वह क्या है? वह तत्काल बोला, "मैंने यह भी निर्णय लिया है कि अभिषेक तो इसी का होगा पर उस महान हथियार पर बारी-बारी से आप सबको भी प्रशिक्षण दिया जायेगा। मैं चाहता हूँ कि जल्दी से जल्दी आप सब भी अपने इस पुराने प्यार को नये में बदल लें।"

अगर अमरी ने यह सब न कहा होता तो भी कोई खास अन्तर न पड़ा होता क्योंकि कोई भी लहर क्यों न उठी हो···सब गुजर जाने वाली थी। लेकिन वह अपनी तरफ से ऐसा कोई भी मौका देने के लिए तैयार नहीं था जिससे गुजर जाने वाली लहर तक को ठिठकने का मौका मिल सके। उसके इतना कहते ही उनके शरीरों में आया तनाव ढीला पड़ गया। वे झुक गये।

चार

आगन्तुक का निवेदन

आगन्तुक सदस्य के लिए प्रशिक्षण समस्या नहीं था। क्यों और क्या के चक्कर में पड़कर उसके बारे में सब कुछ जान लेने का प्रयत्न ही समस्या उत्पन्न कर रहा था। दरअसल वह अपनी उम्र से ज्यादा चालाक था। पता नहीं वह यह कैसे समझ गया था कि उस हथियार को इस्तेमाल करने के लिए सिर्फ इतना ही जानना जरूरी नहीं कि वह कैसे चलता है। उसके और भी बहुत से लवाजमात थे। जैसे एक खास तापमान पर रखा जाना···! उसके अलावा एक गार में खास तरह की नशिस्त बनाई गई थी—उसकी दीवारें उसके विकीरण को सोख लेती थीं। विकीरण की यह प्रक्रिया निरन्तर चलती रहती थी। पास जाने के लिए विशेष प्रकार के वस्त्र पहने जाते थे। उन वस्त्रों के अभाव में उससे निरन्तर निकलती किरणें देह के आर-पार अनगिनत सुराख कर सकती थीं। एक ख़ास तरह के यन्त्र से ही उसे छुआ जा सकता था। खुले वातावरण में भी उसे एक निश्चित अवधि तक ही रखा जा सकता था। इसलिए उसे एक जगह से दूसरी जगह ले जाने के लिए तेज से तेज वाहन का इस्तेमाल किया जाता था। अन्यथा उससे निकलने वाला घातक किरण-पुंज समस्त वातावरण को प्रदूषित कर सकता था। निश्चित अवधि के अन्दर सुरक्षित स्थान पर न पहुँचने पर उसे निष्क्रिय करने के अलावा कोई दूसरा रास्ता नहीं था। लेकिन निष्क्रिय करने का तरीका उन्हीं वैज्ञानिकों को मालूम था जिन्होंने उसे विकसित किया था। वे उसे अपने से अलग नहीं करना चाहते थे। पूछने पर वे यही कहते थे कि ऐसी स्थिति उत्पन्न होते ही वे उसे यहीं बैठे-बैठे निष्क्रिय कर देंगे। अमरी का सबसे छोटा बेटा उनकी इस बात से सहमत नहीं था।

वह हथियार को हथियार की तरह इस्तेमाल करना चाहता था। वह उसके साथ किसी तरह का ऐसा प्रेम-सम्बन्ध नहीं चाहता था जिससे धोखा हो जाय। बिना परिचय के प्रेम कैसा ! मनुष्यों में होता हो तो होता हो, लेकिन मनुष्य और शस्त्र के बीच 'दृष्टि-प्रेम' की किसी तरह की कोई गुंजायश नहीं थी।

उसका कहना था कि जो रक्खा-रक्खा भी अपने मारक तत्त्व को सक्रिय रखता हो उससे किसी के दिये आश्वासन के आधार पर दोस्ती नहीं की जा सकती। जो बिना चलाये भी चलता हो उसका भरोसा मुश्किल है। वह जान गया था कि उससे निकलने वाली किरणें हड्डियाँ गला सकती हैं। मांस को पलेथन में बदल सकती हैं। आँखें गड्ढों में परिवर्तित हो सकती हैं। किसी भी ऐसी चीज से उसकी दोस्ती सम्भव नहीं थी जो हर तरह से खुलकर सामने न आये। वह हर उस रास्ते को समझ लेना चाहता था जिससे वह पलटकर हमला कर सकता हो। अनासुरती में न वह स्वयं मरना चाहता था और न औरों को मरने देना चाहता था।

उसके इस सोच को सही अर्थों में नहीं लिया गया। उसी की उपस्थिति में अमरी से कह दिया गया कि यह इतना विकसित हथियार ऐसे व्यक्ति को सुपुर्द नहीं किया जा सकता जो ज्यादा तर्क-भेद करता हो। सही चालक होने के लिए केवल सुनना और हाथ चलाना जरूरी होता है। ज्यादा पूछ-ताछ करने वाले लोग ठीक वैसे ही होते हैं जैसे कोई सन्तान माता-पिता व भाई-बहनों के सम्बन्धों को समझने के बजाय गर्भाधान और जन्म की प्रक्रिया को महत्त्व देना शुरू कर दे। अमरी से सीधे-सीधे कहा गया कि वह अपने इस बेटे की जगह या तो वे किसी दूसरे बेटे को भेजें या स्वयं प्रशिक्षण ले। वह स्थिति की नजाकत को समझ रहा था। उसने उन्हें अलग ले जाकर समझाना चाहा कि वे इन बातों की चिन्ता न करें। वक्त आने पर वह भी अपने दूसरे भाई-बहनों की तरह फरमाबरदार हो जायेगा। वे लोग भी शुरू-शुरू में इसी तरह की बातें किया करते थे। लेकिन धीरे-धीरे वे हथियारों को गहराई से प्यार करने लगे। अब वे उन पर जान न्यौछावर करते हैं। पिता के नाते उसने बेटे को भी समझाया कि वह फिल-हाल उनकी बात सुन ले। लेकिन वह बज़िद था।

दूसरा पक्ष यह तय कर चुका था कि वह अमरी साहब का बेटा जरूर है परन्तु इतने विकसित अस्त्रों को सीखने की मानसिकता नहीं रखता। उन्हें यह भी भ्रम था कि कहीं उसकी नीयत तो खराब नहीं। कभी राज-नीतिक कारण ही उसे ऐसा करने के लिए प्रेरित कर रहे हों। अगर ऐसा न हुआ तो वह हथियार के उन पक्षों के बारे में कभी जिज्ञासा नहीं रखता जिनका उससे कोई सीधा सम्बन्ध नहीं।

पशोपेश

अमरी उस हथियार पर इतना धन खर्च कर चुका था कि उस सूक्ष्माति-सूक्ष्म हथियार को अपने कब्जे में लेने के सिवाय उसके पास कोई दूसरा रास्ता नहीं था। मित्रों द्वारा किया गया खर्च उसके लिए हथियार से भी ज्यादा खतरनाक सिद्ध हो सकता था। अन्त में उसने स्वयं उस हथियार पर प्रशिक्षण लेने का फैसला किया। इतना अवश्य हुआ कि अपने छोटे बेटे को अपना सहांयक नियुक्त कर लिया। उन लोगों की आपत्ति इस पर भी हुई। पर अन्त में उन्हें सहमत होना पड़ा। वे लोग भी जानते थे कि कितना खींचना उचित होगा। अतः इतनी एहतियात जरूर बरतने लगे कि उसके सामने गोपनीय बातें बताना गोल कर जाते थे। उसका काम ऊपरी संसाधनों को इस्तेमाल या इकट्ठा करना था।

अमरी की एक और परेशानी थी। अब वह उतना शक्तिशाली तो रह नहीं गया था जितना उस समय था जब उसने इस शौक को अपनी जिन्दगी के उद्देश्य में बदला था। धीरे-धीरे झुरा रहा था। थकान होने लगती थी। समझने में भी अपेक्षाकृत अधिक समय लगता था। हालाँकि इस बात को लेकर उसे अपने ऊपर ही हैरत होती थी। लेकिन वह कोशिश करता था कि असमर्थता का यह अहसास और अब उसके रास्ते में न आये। उसको अपनी सन्तान का हौंसला भी ऊँचा रखना था और अपने संसाधनों

को भी बनाये रखना था। एक ही उद्देश्य उसके सामने था कि जिस काम को इसने एक शौक के रूप में उठाया है उसे आने वाली अपनी पीढ़ियों की संस्कृति बना दे। उनके प्यार का रुझान हथियारों की तरफ मोड़ दे। तभी वे लोग इस संस्कृति के संवाहक बन पायेंगे। अन्यथा यह परम्परा उसी के साथ नष्ट हो जायेगी। आने वाले लोग इसी तरह हथियारों से डरते रहेंगे जैसे अब डरते हैं। कायर और आत्मविश्वासविहीन होकर जीने का कोई मतलब नहीं। लेकिन वह अन्दर ही अन्दर डर रहा था कि कहीं उसकी उम्र ने छुट्टी की घंटी बजा दी और हथियार सम्बन्धी यह ज्ञान उसी के साथ चला गया तो यह हथियार भी चला जायेगा। वह चाहता था कि वह उस ज्ञान को जल्दी से जल्दी किसी को सौंप दे। लेकिन सबसे बड़ा बन्धन था अनुबन्ध ! उस अनुबन्ध के तहत दूसरे पक्ष की रजामन्दी के बिना वह ज्ञान किसी दूसरे व्यक्ति या संस्था को निर्गत नहीं किया जा सकता था। ऐसी स्थिति में अनुबन्ध निरस्त हो जाने की बात थी। साथ ही ऐसा करने पर सम्बन्धित पार्टी को अन्तर्राष्ट्रीय मुद्रा में अकल्पनीय धन देने की बाध्यता का भी उल्लेख था। हथियार के इस्तेमाल का अधिकार भी समाप्त हो सकता था।

जब से हथियार विकसित हुआ था, अमरी की समस्याएँ बढ़ गई थीं। उसकी समझ में नहीं आ रहा था कि वह क्या करे ? उम्र के साथ वह उन सब स्थितियों का ताल-मेल कैसे बैठाये ? हथियार के सूत्रधारों और आर्थिक सहयोगियों का दबाव उसे दो भिन्न दिशाओं में खींच रहा था। लोगों को यह पता चलता जा रहा था कि अमरी ने संसार का सबसे उत्कृष्ट और दुर्धर्ष हथियार पा लिया है। जैसे-जैसे पता चलता जा रहा था वैसे-वैसे हिस्सों की माँग शुरू हो गई थी। सूत्रधार वर्ग इस बात के लिए बिल्कुल तैयार नहीं था कि इस स्तर पर उस हथियार को दूसरों को दिया जाय। इसके अलावा अमरी के अपने बस का इतना सब नहीं था कि वह उन सब लोगों को अकेला प्रशिक्षण दे सके जिन्होंने यह मानकर आर्थिक सहायता दी थी कि उनकी भी उस हथियार तक उसी रूप में पहुँच हो सकेगी जिसमें अमरी की थी। उसकी कशमकश दिनोंदिन बढ़ रही थी। सन्तान में भी असंतोष के चिह्न नजर आने लगे थे। कभी-कभी वे उसकी तरफ आँखें

उठाकर देखते थे। उनमें से किसी को भी अभी तक उस प्रशिक्षण से नहीं जोड़ा गया था। उसके सामने मुख्य सवाल यह था कि सन्तान के अलावा वे सब उसकी अस्त्रवाहिनी के सक्रिय सदस्य भी थे ! यद्यपि उसने उनके दिमागों को स्थिर कर दिया था फिर भी वह उतना निश्चिन्त नहीं था। उसे देखकर उनके चेहरों पर जो उत्साह पहले आता था अब आना बन्द हो गया था। उसकी उपस्थिति उनके लिए अत्यंत यांत्रिक उपस्थिति की तरह हो गई थी। नये हथियार पर काम करने की ललक और अपने ही छोटे भाई के प्रति ठंडापन समान अनुपात में थे। जब से इस शौक का विस्तार शुरू हुआ था, इतना बड़ा संकट पहली बार आया था।

जब वह सब तरफ से घिर गया तो उसने अपने छोटे बेटे से सलाह ली। उसने इस बात पर खास जोर दिया कि इस समस्या का मानवीय पहलू निकलना निहायत जरूरी है। यद्यपि बेटे के सोचने का ढंग अभी विकसित हो रहा था। उसमें न तो अभी किसी प्रकार का ठहराव ही आया था और न प्रदूषण। वह तपाक से बोला, "पिताजी, असलाह के द्वारा उत्पन्न समस्या का निदान मानवीय कैसे हो सकता है? आपको इसका कोई हथियार वाला ही हल सोचना चाहिए।"

उसके उत्तर ने अमरी को थोड़ी देर के लिए खामोश कर दिया। थोड़ा रुककर बोला, "ये सब अपने लोग हैं। अपने लोगों से निबटने के लिए यह हल अव्यावहारिक है !"

"अपने लोग कौन?"

"तुम्हारे भाई-बहन···"

"लेकिन हथियारों के सिवाय तो इनका किसी से कोई रिश्ता ही नहीं। यही आपने इन्हें सिखाया है। उसी को गुरुमन्त्र मानकर वे इस नये हथियार को प्यार करना चाहते हैं और करते हैं।"

"लेकिन··"

"लेकिन कुछ नहीं पिताजी। आपके पास दो ही तरीके हैं—एक तो इन लोगों के प्रति हथियारों के माध्यम से स्थितियों की समझदारी··· दूसरे, इन लोगों का हथियारों के प्रति इन्सानी संवेदना का विकास ! दोनों ही स्थितियों में हथियार मुख्य हैं ! वैसे भी इन लोगों की जिन्दगी में हर

तरह की समझ का स्थान हथियारों के प्यार ने ले लिया है ! इकतरफा प्यार के सामने समझ की कोई स्थिति नहीं होती !"

अमरी के अन्दर इस तरह की बातें सुनने का धैर्य समाप्त हा गया था । एक लम्बे अन्तराल के बाद इस तरह का जवाब सुनने को मिला था । उसने बेटे की तरफ टेढ़ी नजर से देखा । अमरी की टेढ़ी नजर का मतलब बिल्कुल दूसरा था । इस बात को हर एक कोई जानता था । लेकिन आश्चर्य इस बात पर हुआ कि अमरी ने स्वयं अपनी टेढ़ी नजर के परम्परागत मतलब को बाला-ए-ताक रखकर दूसरी बात शुरू कर दी, "तुम क्या समझते हो कि मैं तुम्हारी इस तथाकथित और बचकानी समझदारी के सामने घुटने टेक कर अपने इस शाश्वत प्रेम का गला घोट दूँगा । लोगों की नजर में हथियार इन्सान के लिए होते होंगे—मेरे लिए इसका मतलब बिल्कुल उल्टा है । मैं इन्सान को इन हथियारों का एक आधार-उपकरण या कहिए लाँचर मात्र मानता हूँ । महत्त्व हथियार का है इन्सान का नहीं । इन्सान मूलतः मूर्ख होता है । वह समझता है कि हथियार को वह अपने हित के लिए इस्तेमाल कर रहा है । हथियार हमेशा इन्सान को इस्तेमाल करता है । इधर भी और उधर भी ! उसमें भयानक और अनन्त क्षमता होती है । मैं उसके तटस्थ, शान्त, निर्द्वन्द्व, शीतल और निरपेक्ष व्यक्तित्व का दीवाना हूँ । औरों को भी यही समझता हूँ कि अगर वे यूटोपियन प्रेम का साक्षात्कार करना चाहते हैं तो हथियारों को प्यार करना सीख । चाहे तुम और तुम्हारा इन्सान इस पृथ्वी पर जिन्दा बचें या न बचें पर इस प्यार को हर हालत में जीवित रहना है !"

"आप इन्हें और इनके प्यार को जरूर जीवित रखें···लेकिन इनसे प्यार करने के लिए इन्सान का जीवित रहना भी जरूरी है । इन्सान से लेकर चींटी तक·· और आकाश से लेकर धरती तक—जंगल से लेकर समुद्र तक—हर चीज इन्सान के अन्दर ही जीवित रहती है ! इन्सान के बाहर जीवित रहने की किसी में भी क्षमता नहीं—मैं ईश्वर तक को उसी में मानता हूँ । इन्सान बिना उसका भी कोई अस्तित्व नहीं ।"

वह हँसा "यह मनुष्य-प्रधान सृष्टि है, इसलिए तुम जैसे इन्सान इस तरह की निरर्थक बातें सोच-सोचकर सुख पाते हैं और आत्मरति में डूब जाते

हैं। जो अपने बाहर किसी को प्यार नहीं करना चाहता और न कर सकता है उसकी प्रमुखता की बात करके तुम इन पवित्र हथियारों को क्यों लांछित करते हो। इन्सान मूलतः बुज़दिल है···मरने से डरता है···जो उसे सुरक्षा दे सके उसके सामने दुम हिलाता है···और पीछे नष्ट करने की साजिश भी रचाता है। तुम भी उन्हीं में हो···"

"मैं !" छोटा बेटा हुंकारा भरने की तरह बोला। फिर कहा, "नहीं, अगर मैं लड़ूँगा तो इन्सान के प्रेम का परचम हाथ में लेकर और अपनी माँ के त्याग को दिल में रखकर···आपके इस 'प्यार' के सामने आकर डटूँगा। अपने बच्चों के लिए रात-दिन तड़पती मेरी डेढ़ हड्डी की माँ आपके इस प्यार के ढोंग के सामने आज भी अकेली डटी है। यह उसी की अभागी सन्तान है जो आपके इशारे पर पुतलों की तरह नाचती है। पड़ोसियों को आप अपनी लिप्सा का शिकार बनाते जा रहे हैं। उनकी फुसफुसाहट धीरे-धीरे सारे वातावरण में फैल रही है··· मुझे लगता है कि एक न एक दिन वह वातावरण में घुल जायेगी और किसी भी वक्त धूल की तरह आँखों में भर जायेगी या फेफड़ों में उतर कर आप सबको बेदम कर देगी।"

"तुम मुझे डराना चाहते हो ?"

"नहीं, मैं ऐसा ही समझता हूँ। लेकिन मैं यह भी जानता हूँ कि आपका अविश्वास न मुझे सोचने-समझने योग्य रहने देगा और न अपनी जिन्दगी ही अपने आप जीने देगा। फिर भी मैं उसे जीने की पूरी कोशिश करूँगा। जितना आपको इन बेजान हथियारों से प्रेम है उतना ही मुझे अपने आप और अपने जीवित साथियों से प्रेम है। मैं यह भी जानता हूँ कि जिन्दगी की जड़ें इतनी गहरी और फैली हुई होती हैं कि जगह-जगह से और समय-समय पर कटते रहने के बावजूद बार-बार फूट आती हैं। ऊपर निकली कोंपलों और टहनियों को काटना तो आसान है···गहरे उतरी जड़ों को बीन-बीनकर निकालना···कठिन और दुश्वार !"

अमरी गुस्से में उठकर खड़ा हो गया, "तुम नहीं, यह तुम्हारी माँ बोल रही है।"

"नहीं, असुरक्षा और आशंका !"

"तुम हो ही कितने बड़े···?"

"जितना इन्होंने बना दिया।"

"ठीक है, मैं तुम्हें इस महान हथियार पर प्रशिक्षण दूँगा। फिर देखूँगा कि तुम इस अपने इन्सानी प्यार को कैसे बचाते हो! शक्ति के इस विस्फोट से अपने को कैसे अछूता रखते हो···उन जिन्दा लोगों को कैसे सर्वोपरि मानते हो जो तुम्हें पहचानते तक नहीं। वह कौन-सी धरती है जहाँ इस हथियार के रहते जिन्दगी की जड़ें फलें-फूलेंगी! जिसने अपने को जितना अमर बनाना चाहा उसका मौत से उतना ही भयानक साक्षात्कार हुआ!"

वह उठा और बाहर चला गया!

पहला पाठ

अमरी ने उस दिव्य हथियार का जब पहला पाठ पढ़ाया तो भी उसके मन में संकल्प-विकल्प था कि वह उसे आगे सिखाये या ना सिखाये! कहीं ऐसा न हो कि वह अपनी माँ का सम्पूर्ण गरल अपने कंठ में लेकर आया हो और इस हथियार से जान-पहचान करके उस गरल को मेरे इस संसार पर उलट दे। मेरी यह सन्तान जिसने अपना सब कुछ पिता की इच्छा के सामने समर्पित कर दिया, इस जरा-सी भूल से नष्ट न हो जाय। लेकिन—जो जिन्दा रहने को इतना महत्त्व देता है वह अपने इन बन्धु-बान्धवों के जिन्दा रहने के अधिकार को कैसे छीन सकता है? अगर छीनेगा तो क्या मैं चुप बैठा रहूँगा! अपने प्यार की इस दुनिया को क्या इतनी आसानी से उजड़ जाने दूँगा? हरगिज नहीं! मैं इसका पिता और गुरु हूँ तो उनका भी हूँ!

दूसरा पाठ

जब दूसरा पाठ सिखाया तो उसने अनुभव किया कि वह जिस निमग्नता और संलग्नता से सुन और सीख रहा है—उतनी निमग्नता से उसकी सन्तान में से किसी ने नहीं सीखा। उन सबका व्यवहार नितांत यांत्रिक होता था। कम्प्यूटर की तरह जितना फीड करना, उतना उगल देना। सब कुछ बटनवत था। एक बटन दबाते ही चलना शुरू कर देना और दूसरा बटन दबाते ही रुक जाना। लेकिन उसकी स्थिति उनसे भिन्न थी। वहाँ बटन दबाने का कोई असर नहीं होता था। उसके अन्दर कुछ भी भरने का मतलब था पूरी प्रक्रिया को ठप्प कर देना। वह अपने अन्दर किसी भी बात को तब तक नहीं उतरने देता था जब तक वह उसे समझ न ले। कई बार अमरी की आँखें खतरे की बत्ती की तरह जल उठती थीं। उसका बताना रुक जाता था। जबान चलनी बन्द हो जाती थी। दाँत कस जाते थे। बेटा इस सबसे अप्रभावित बना रहता था। अपने गुरु के प्रति उसका एक ही रुख था— अगर नहीं तो न सही! इसके बिना भी मजे में जीवित रह सकता हूँ!

बेटा होने का सवाल

अमरी की उस पर तो पार बसाती नहीं थी, उसकी माँ को कोसने लगता था। उसी नाकिस औरत की सीख है। पिता के वर्चस्व को समाप्त करने वाली वह फूहड़ माँ अपना काम कर गयी। मेरे ही घर में मेरा ही शत्रु पैदा करके बदला ले रही है। उसी ने इसके अन्दर मानव-प्रेम और हथियार विरोधी राग भरे हैं। लाख बार समझाने पर भी उसकी समझ में नहीं आया कि अगर वह इन्सान को हथियारों से बचा भी लेगी तो बीमारी,

ईर्ष्या, लिप्सा और अपनी देह के अन्दर से उत्पन्न होने वाली कमजोरियों और विकृतियों से कैसे बचा लेगी ! इन्सान के शत्रु तो उसी के अन्दर मौजूद हैं। उसे मारने के लिए बाहर जाने की जरूरत ही नहीं। बस उन शत्रुओं को मजबूत करते जाओ। जरूरत हो तो बाहर से कुमुक पहुँचा दो ! जीत निश्चित। उसने एक होनहार शस्त्रानुरागी की भ्रूण हत्या की है ! मैं उसे कभी क्षमा नहीं कर सकता। अपने बेटे की तरफ देखता तो उसे अपने ऊपर शक होने लगता। कहीं मैं सोचते हुए बोलता भी तो नहीं जा रहा हूँ ? यह मेरी ओर इसीलिए तो एकटक नहीं देख रहा है ? वह सकपका जाता ! लेकिन दबंग आवाज में पूछता, "क्या देख रहे हो ?"

"आपके अगले निर्देश का इन्तजार कर रहा हूँ···" फिर कहता, "अगर आप किसी वजह से न सिखाना चाहें तो कोई बात नहीं, मैं चला जाऊँगा। आपके लिए किसी तरह की कोई बाध्यता नहीं। न आपके अपने शब्दों की और न इस बात की कि मैं आपका पुत्र हूँ !"

उसकी यह बात अमरी को चुनौती-भरी ज्यादा लगती। क्या वह मुझे कायर समझता है ? मैं, जिसने शून्य से इतना विशाल संसार खड़ा कर दिया—मात्र इकाई से इतनी बड़ी संख्या बन गया···हथियारों का समानान्तर ब्रह्मांड रच डाला···क्या इतना सब काफी नहीं ? वह नहीं मानना चाहता तो न माने। बिल्ली के भय से तब तक आँखें बन्द किये बैठा रहना चाहता है जब तक वह उसे खा न जाये···तो बैठा रहे ! अपने इस बेटे से वह हरगिज नहीं डरेगा जो कल तक अपनी माँ के दूध के साथ इन्सान के बारे में गलतफहमियों को गटकता रहा है। वह यह तक नहीं समझा कि यह मात्र शब्द-संसार है। इस संसार में रहने वाले आपस में इतने उलझे हैं कि रोज अपने पुराने अर्थों के शव को दफन करके नये अर्थ की खोज में लग जाते हैं। कुछ को मिल जाते हैं, कुछ को नहीं मिलते। लेकिन हमारी इस दुनिया में अर्थ रोज-रोज नहीं बदलते। संदर्भ भले ही बदल जायें। उसकी माँ ने उसको अपनी योनि-बद्ध मानसिकता के साथ लिंगमय पुरुष बनाकर छोड़ दिया। अगर ऐसा न हुआ होता तो वह उसके स्वप्न को अनेकरूपता देने वाला, उनका एक मात्र जनक हुआ होता !—वह चन्दा भली, जो मेरे साथ चानमारी के मैदान पर तब तक मौजूद

रहती थी जब तक कर्नल छुट्टी नहीं कर देता था। हालाँकि हथियारों की आवाज और उनकी शक्ल उसे सबसे ज्यादा भौंडी लगती थी। जो चीज उसके जीवन में जरा-सा भी स्थान नहीं रखती थी वही अमरी की वजह से उसके संवेदना का हिस्सा बन गयी थी। चूँकि अमरी की जान उनमें बसती थी, इसलिए चन्दा की भी जान थोड़ी-थोड़ी उनमें बसने लगी थी। लेकिन उसकी पत्नी ने विवाह करके भी उसके प्यार को अपने प्यार का हिस्सा नहीं बनने दिया। पढ़ी-लिखी होकर भी वह बेपढ़ी बनी उसकी उपलब्धियों को नकारती रही। अपने पति के प्रति घृणा का बीज बोती रही।

उसे एकाएक लगा कि वह उसके गाल पर चपत था। अमरी का हाथ तत्काल हथियार पर चला गया। उसका बेटा उससे पूछ रहा था, "अगर मेरी जरूरत न हो तो मैं जाऊँ?"

एक बार को तो उसे गुस्सा आया। उसकी मुट्ठी हथियार पर कसी। लेकिन अपने को सँभालकर अमरी ने कहा, "तुम अपनी मर्जी से जाना चाहते हो तो जाओ!" फिर वह धीरे-धीरे अपने कसे हुए हाथ को सामान्य स्थिति में ले आया।

"आप ही मुझे लेकर आये हैं, आप ही कहेंगे तो मैं जाऊँगा। वरना यहीं बना रहूँगा।"

अमरी उठा और चला गया। उसके दिमाग में लगातार एक सवाल किटकिटा रहा था कि वह उसका ही बेटा है?

व्यथा

माँ घर में अकेली थी। हर क्षण लगता था कि उसका बेटा लौट आया। अपने ही बेटे की असफलता की कामना करने वाली वह अकेली माँ थी। इतने बच्चे सफल हुए तो उन्होंने उसे क्या दे दिया? क्या वह इतनी सफल

सन्तान की माँ लगती है ? वे और हम सब शरीर-भर के माँ और औलाद हैं। उसे वे पहचानते हैं तो केवल इतना ही कि यही वह खान है, जिससे हम कभी निकले थे। उन्हें कुछ पता नहीं कि इसके अलावा भी माँ कुछ होती या नहीं ? वह यही दुआ मना रही थी कि उसका यह बच्चा उन सबकी नजर में असफल और नाकारा साबित हो जाय। वे उसे धक्के देकर बाहर निकाल दें। रोता-रोता उसके पास आये और वह उसे अपने आँचल में छिपा ले। जब वह नहीं आया तो वह कभी रोती और कभी हँसती। उसका हँसना केवल इसलिए था कि उसने इतनी सन्तान को जन्म दिया। रोती इसलिए थी कि वह न माँ-सी माँ है और न पत्नी-सी पत्नी। दरअसल हँसना और रोना उसके लिए धीरे-धीरे समान होता गया। दोनों में कोई अन्तर नहीं रह गया। वह अपने को समझाती थी कि इस बेटे को भी उसका बाप उसी तरह हर ले गया जैसे और बच्चों को ले गया था— किसी ने कभी मुड़कर भी नहीं देखा तो…यही क्या देखेगा ? जहाँ इतने गये वह वह भी गया। इतने खोये तो उसी का क्या मोह ! यहाँ बाप का हक माँ के हक से कितना बड़ा है ! दोनों में जमीन-आसमान का फर्क है ! भूल जा ! उसे भूल जा ! जहाँ इतनों को भूली, इसको भी सही !

उसी दौरान एक दिन अमरी आया। एक दिन क्या उसी दिन जिस दिन उसकी अपने सबसे छोटे बेटे से गर्मागर्मी हुई थी और पिता होते हुए भी उसके मन में बेटा होने की बात को लेकर सवाल उठा था ! उसकी पत्नी ने उसके स्वागत में पलकें बिछायीं। पलकें भी क्या केवल खाल की दो अधसूखी पत्तियाँ ! इतने जमाने से झपकते-झपकते पलकें झड़ चुकी थीं। वैसे भी वह उसकी सन्तान का पिता था। उसने आते ही पूछा, "मेरे बच्चे कैसे हैं ? मुझे याद भी करते हैं या नहीं ? मेरा सबसे छोटा बेटा कैसा है ? जिन्दा है या तुमने उसे भी औरों की तरह नष्ट कर डाला ? कभी-कभी मुझे लगता है कि तुमने मेरे बच्चों के दिलो-दिमाग से माँ का खाना ही हटा दिया। अगर तुमने ऐसा किया है तो एक बार फिर उसे जाकर जोड़ दो… एक बार तो मुझे यह अनुभव होने दो कि मैं भी माँ हूँ…उन्हें भी लगने दो कि वे मेरे बच्चे हैं। उनसे कहना कि तुम्हारी माँ रात-दिन तुम्हारा इन्तजार करती है। बस, एक बार उनके सामने उनकी माँ के रूप में खड़ी होना

चाहती हूँ।···तुम तो पिता होने का सुख रोज भोगते हो ! हम दोनों के सुख-दुख में जमीन-आसमान का अन्तर है।"

वल्दियत

अमरी को उन बातों से क्या लेना-देना था। उस पर तो बेटे के साथ हुई बातों का पागलपन सवार था। पता नहीं उसने पत्नी को इतना बोलने ही कैसे दिया ! जैसे ही वह साँस लेने के लिए रुकी, वह तत्काल बोला, "सच बता, वह किसका बेटा है ? मेरा बेटा ऐसा नहीं हो सकता···जिद्दी, बदतमीज···अक्ल का पुतला बन जाने की बीमारी से बिलबिलाता कीड़ा।"

वह तत्काल बोली, "अगर वह तुम्हारा नहीं है तो तुम उसे लौटा दो ! जिसका बेटा है उसी के पास रहने दो। तुम्हें तो उसे बेटे के रूप में स्वीकार करने के लिए बहुत से सबूतों की जरूरत रही है···मेरे लिए उसका होना ही काफी है।"

"तुम मुझे बातों में मत उलझाओ ! मैं तो सिर्फ यह जानना चाहता हूँ कि वह कौन हो सकता है, जिससे तुमने यह बेटा पाया ! नालायक और ज़बाँज़ोर !"

"वह अब वह नहीं रहा।"

"वह था कौन ?" अमरी ने गला दबाना चाहा।

वह शांत बनी रहकर बोली, "यह तुम अच्छा करोगे···कर डालो ! लेकिन तुम करोगे कैसे ? तुम्हारे हाथ आदमियों को इस तरह छूकर मार डालने के आदी अब बिल्कुल नहीं रहे। फिर भी तुम कोशिश करके देखो ! इसमें शायद तुम्हें इन्सान की तरह व्यवहार करने का एक मौका मिले !"

वह चिल्लाया, "लेकिन मैं तुम्हें इतनी आसानी से नहीं मरने दूँगा।"

"जब तुम यह भी नहीं जान सके कि मैं जिन्दा हूँ या मर चुकी या कि मर रही हूँ तो तुम और क्या जानोगे !"

वह पत्नी को घसीटने लगा, "मैं तुझे कुचल डालूंगा—रौंध दूंगा।"

"लगता है, तुम बहुत डरे हुए हो !"

"मैं किसी से नहीं डरता।"

"ऐसा नहीं हो सकता कि इस सबके बावजूद तुम्हारे अन्दर कुछ ऐसी बातें दबी रह गयी हों कि तुम अब हो उससे मेल न खाती हों··· वही अन-मेल बातें जो तुम्हारे लिए गन्दी या बुरी हैं···इकट्ठी होकर तुम्हारे इस बेटे में आ गयी हों।"

वह व्यंग्य से हँसा, "मेरे अन्दर न कभी ऐसी कोई बात थी और न मेरे अन्य बच्चों में हैं। ये सब बाहर से आयी हुई हैं···कारण तुम हो !"

"तुम भी हो सकते हो···"

"तुमने मुझे जवाब दिया···तुम्हारी यह हिम्मत···!"

वह धीरे से बोली, "हाँ, यही हिम्मत तब हुई जब तुमने अपने ही बेटे को अपना मानने से इंकार करना जरूरी समझा ! तुम शायद यह नहीं जानते कि सन्तान की वल्दियत माँ से अधिक और कोई नहीं जानता। स्वयं पिता भी नहीं ! माँ दो ही बातें नहीं भूलती—बच्चे और उनके जनक ! वैसे तुम कुछ भी समझने को स्वतंत्र हो !"

दोनों कुछ देर तक गुमसुम खड़े रहे। भाषा की उस असमर्थता को वह चुप्पी अधिक मुखरता के साथ पूरा कर रही थी। सबसे छोटा बेटा आया और एक कोने में खड़ा हो गया।

पिता ने उसे देखा तो बोला, "तो तुम अपनी मर्जी से छोड़ आये।"

"नहीं, आपको लेने आया हूँ। जिससे अन्तिम रूप से तय हो सके कि मुझे क्या करना है।"

"पहले मैं यह जानना चाहूँगा कि तुम कौन हो ?"

"यह बात तो मुझे आपसे पूछनी चाहिए थी न कि आपको। लेकिन मैंने पूछना जरूरी नहीं समझा। जब आदमी इतना असहिष्णु हो जाता है तो अपनी मान्यताओं के बारे में उसकी अपनी ही सन्तान की असहमति, सन्तान के बारे में ही शक पैदा कर देती है। सन्तान का चौकन्ना होना

स्वाभाविक है। लेकिन पिता और सन्तान दोनों के शक का बिन्दु क्या एक ही व्यक्ति को होना चाहिए? अगर इसकी इतनी सारी सन्तान आपको लेकर यही सवाल उठाने लगेगी तो इस बेसहारा बूढ़ी औरत का एक-एक रोम बिंध जायेगा! मैं यही कह सकता हूँ कि आप मेरे बारे में अपने शक को सही मानकर निर्णय लें।"

अमरी बेटे की शक्ल देखता रह गया। उसे लगा कि उसका स्वर्गीय पिता उसके सामने खड़ा उसे पेटियों से पीट रहा है। बिल्कुल वही नजारा! उसे आश्चर्य हो रहा था कि पुत्र पिता कैसे हो गया? वह सीधा खड़ा हुआ और बेटे का हाथ पकड़कर बोला, "चलो..."

"लेकिन आपके साइंटिस्ट—और मेरी वल्दियत?"

वह बिना जवाब दिये उसे घसीटता हुआ ले गया। माँ फिर अकेली हो गयी।

विद्रोह

उस हथियार की तालीम एक लम्बा काम था। इसी बीच उस हथियार के जनकों को सब कुछ पता चल गया। अनुबंध के चलते उन्होंने धमकियाँ जरूर दीं पर अमरी हथियार-संबंधी सारा ज्ञान घोट चुका था। अनुबंध की वह दस्तावेज केवल धमकियों के मतलब की रह गई थी। उन्होंने दूसरा रास्ता अख्तियार किया। अमरी की बाकी सन्तान को भड़काना शुरू कर दिया। असर भी हुआ। बेटा हो या बेटी, हरएक के दिल में असंतोष की दरार पहले से मौजूद रहती है। बस उसे चौड़ा करना होता है। उनके चेहरे तमतमाये नजर आते थे। पिता को देखकर मुँह घुमा लेते थे। आँखें जो बिल्लौरी काँच की थीं उनमें हल्की-हल्की सुर्खी दिखाई पड़ने लगी थी।

एक दिन वह भी आ गया जब वे पिता के सामने पंक्तिबद्ध होकर खड़े हो गये। पिता ने उनकी तरफ देखा। वे सीधे देख रहे थे। उनकी आँखें हमेशा की तरह नीची नहीं थीं। पिता ने पूछा, "तुम्हें क्या चाहिए?"

"इसका सिर!" उनका सबसे छोटा भाई पिता के बराबर में ही खड़ा था।

"यह तुम्हारा भाई है !"

"दुश्मन ज्यादा है। इससे पहले कि वह हमारे मुंड इकट्ठे करे, हम इसका मूड़ इस सबसे ऊँचे पेड़ की चोटी पर लटका देना चाहते हैं।" वे एक साथ इस तरह बोल रहे थे जैसे रिकार्ड बज रहा हो।

"ऐसा करने के लिए तुमसे किसने कहा ?"

वे खामोश रहे। दोबारा पूछा तो जमीन की तरफ देखने लगे। तिबारा पूछा तो बगलें झाँक रहे थे। उनको भड़काने वाले लोग इधर-उधर लगे थे। अमरी के इस सवाल ने उन्हें रफूचक्कर कर दिया। पिता और सामने लहराती उसकी सन्तान अब आमने-सामने थे। पिता ने स्थिति का पूरी तरह जायजा लिया। फिर बोला, "अगर यह एक-एक करके तुम सबका सिर माँगने लगे तो क्या मुझे इसकी बात मान लेनी चाहिए ?"

उनमें से एक आवाज आई, "हम ज्यादा हैं।"

"हजार मूर्खता भरी बातों से समझदारी की बात वजनी होती है ! तुम्हारी यह माँग अगर अपनी होती तो भी बात थी। दूसरे के द्वारा रोपे गये बीज का मतलब कटाई और उगाही भी उन्हीं की।"

"लेकिन···"

"लेकिन कुछ नहीं ! अब तुम्हारा यह तराशा हुआ दिमाग दूसरों द्वारा संचालित होने लगा है। ऐसे दिमागों में यह हमेशा खतरा रहता है···एक तराश सकता है तो दूसरा भी तराश सकता है। मैंने इस खतरे को पहले नहीं समझा ! अगर हथियारों का यह प्यार मैंने तुम्हारे पूरे दिमाग को दिया होता तो वह तुम्हारे पास ही रहता। मैं सोचता हूँ कि तुम सबके हथियार रखवा लूँ। तुम्हारे दिमागों की चाबी तो दूसरों के हाथ में चली ही गई···हथियारों को तो बचा लूँ।" उधर से न कोई आवाज थी और न जवाब। उसने उन्हें हुक्म दिया, "हथियार डाल दो और अपने हाथ ऊपर उठा लो।"

हाथ उठाने से पहले उन सबने इधर-उधर देखा। जो लोग उन्हें ठेलियों की तरह ठेलकर लाये थे उनमें से वहाँ कोई नहीं था। उन्होंने हाथ तो उठाये ही गर्दनें झुकाकर घुटनों के बल बैठ भी गये।

गुहार

उन सबके चेहरे कागज की तरह सफेद और पतले हो गये थे। इधर से फूँक मारो तो उधर चले जाते थे। उधर से मारो तो इधर आ जाते थे। रात-दिन मुँह खोले आसमान की तरफ देखते रहते थे। पेट पीठ से चिपक गये थे। जीभ तालू से चिपकी रहती थी। कभी जब खुलती थी, अपने आपसे बातें करने लगते थे। "यह क्या हो गया ? हमारे हथियारों का क्या होगा ? हम उनके बिना कैसे रहें ? उनकी कोई देख-भाल भी करता होगा या उन्हें भी हमारी तरह ढूह में बदल दिया होगा ? हमारी जान ले लो पर हमारे हथियार वापिस कर दो—हम बिना हथियारों के नहीं रह सकते। हमने सब रिश्ते मिटा दिये···बहन भाई का···भाई-भाई का···माँ और बेटा-बेटी का···एक ही रिश्ता माना, हथियारों का !"

उनकी आवाज वहीं की वहीं घूमती रहती थी। उनके एक मात्र पिता तक नहीं पहुँच पाती थी। पिता ईश्वर हो गया था ! उसके सामने वे सिर पटकते थे। पर पिता की पुतलियाँ देव-मूर्ति की तरह स्थिर थीं। हाथ-पाँव पाषाणी कटाव की तरह बँधे थे। सब तरफ से निराश होकर वे माँ के पास गये। माँ अपने सबके सब बच्चों को आया देखकर खुशी से नाच उठी। उनको छू-छूकर महसूस करने की कोशिश करने लगी। सूँघ-सूँघकर उनकी गंध अपने अन्दर उतारती रही। इतने अर्से के बाद उनमें अपनी गंध लौटी थी। वह समझ नहीं पा रही थी यह सब क्या और कैसे हुआ ? उसके बच्चे कैसे लौट आये ? उनके हथियार कहाँ गये ? फूले सीने अन्दर कैसे घुस गये ? आँखों का काँच कहाँ जा गिरा ? आँखों में यह गीलापन कहाँ से उतर आया ? सब धोखा है या वास्तविकता ? जिन बच्चों के हाथ-पाँव व शरीर लहीम-शहीम दरख्त की पुष्ट शाखाओं और तनों की तरह नजर आते थे, अब सूखी पत्तियों और तिनकों की तरह बिखरे पड़े हैं···!

बड़ी मुश्किल से माँ की आवाज फूटी, "मेरे बच्चो, यह तुम्हें क्या हो गया ? किसने किया ?"

बच्चों के पास माँ के इस सवाल का कोई जवाब नहीं था। बड़ी मुश्किल से कह पाये "हमारे पिता ने नाराज होकर हमें मुक्त कर

दिया…"

माँ बच्चों की तरह खुशी से ताली बजाने लगी, "तूने मेरी खूब सुनी रे राम—अच्छा हुआ मेरे बच्चे मेरे पास लौट आये।"

बच्चों के चेहरों पर मायूसी देखकर उसे निराशा हुई, "तुम्हें तो खुश होना चाहिए…हथियारों की वहशी दुनिया से इन्सानों की दुनिया में लौट आये…इन्सान मारता भी है तो मरहम लगाता है…कंधे पर उठाकर रोता हुआ श्मशान ले जाता है…"

"लेकिन हम अब किसी भी योग्य नहीं रह गये—हथियारों के प्यार ने हमें सब तरफ से काट दिया—हमारे जिन्दा रहने का एक ही तरीका है—हमारे हथियार हमें वापिस मिल जायें। तुम चाहो तो दिला सकती हो।"

माँ फूट-फूटकर रो पड़ी, "तुम इन्सान की योनि में वापिस आने के इस मौके को भी खो देना चाहते हो—यह मेरी कोख का दोष है! ईश्वर तुम्हें सुबुद्धि दे!" थोड़ा रुककर बोली, "तुम्हारे पिता ने मेरी तब नहीं मानी जब तुम छोटे थे और वह तुम्हें इन्सान से हथियारों में बदलने के लिए ले जा रहा था—अब भला मेरी क्यों मानेगा! तुम्हारा सबसे बड़ा अपराध तो यही है कि तुम मेरे पास आये। लौट जाओ‥ उसी से अनुनय-विनय करो, वही तुम्हें तुम्हारी पुरानी योनि वापिस दे सकता है।"

वह रोती-रोती चली गई। उसके बच्चे उसके द्वार से खाली हाथ लौट रहे थे।

अभयारण्य

अमरी को पता चला कि उसकी विद्रोही सन्तान अपनी माँ के दरबार में गुहार करने गई थी तो उसे चिन्ता हुई। कहीं ऐसा तो नहीं, माँ उनको लेकर उसके विरुद्ध उठ खड़ी हो। अगर ऐसा हो गया तो उसकी उपलब्धि रखी रह जायेगी। एक बिन्दु जो सागर बनकर लहरा रहा है, सूखे हुए ताल की बिवाई फटी तली बन जायेगा। उसकी समझ में यह बिल्कुल नहीं

आ रहा था कि इन्सान ऐसी कौन-सी पवित्र वस्तु है जिसे औरों के अस्तित्व के मूल्य पर भी जिन्दा रखना जरूरी है। ऐसा भी नहीं कि उसकी संख्या इतनी कम होती जा रही हो कि यह सम्पूर्ण धरती उसके लिए एक अभ्यारण्य की तरह इस्तेमाल की जाय ! सौ मरते हैं तो दस-बीस गुना पैदा हो जाते हैं। जितने मरते हैं क्या उन सबकी मौत के पीछे मेरे ये हथियार ही हैं ? यदि मैं इनको नष्ट कर दूं तो क्या ये सब अमर हो जायेंगे ? क्या कभी मेरे इन हथियारों ने किसी को मारा है ? आदमी ही आदमी को मारता है ! सब उस बुढ़िया की तरह हैं जो यह कहा करती थी कि मुझे न किसी का डर, न साँप का·· सिर्फ़ टपके का डर···आदमी भी उसी तरह हथियार का डर···हथियार का डर···कहकर लगातार चिल्ला रहा है। हथियारों को किसी ने कहते नहीं सुना कि उन्हें आदमी से डर लगता है। यह जानदार होकर भी बेजान है और वे बेजान होकर भी जानदार हैं। इन्सान नाम की यह नस्ल हर समय चिल्लाती है कि इन हथियारों को नष्ट कर दो। हथियारों के खिलाफ उसका जिहाद दिनोंदिन बढ़ रहा है। पागलपन की सीमा तक पहुँच चुका। गर्दनों के चारों ओर दफ्ती के पोस्टर लटका कर सड़कों पर घूम रहे हैं। माइक लगाकर चिल्ला रहे हैं। सड़कों पर लेट जाते हैं। रास्ते रोकते हैं। डंडे खाते हैं। अपनी महानता जताते हैं। यह तक निश्चय नहीं कर पाते कि बिना हथियारों के रहना चाहते हैं या हथियारों के साथ ? अगर हथियार को बिल्कुल प्यार नहीं करते तो उनको पूरी तरह छोड़ क्यों नहीं देते ? आकर्षण-विकर्षण का शिकार बने रहकर दोनों रास्ते खुले रखना चाहते हैं ! जब चाहे इस्तेमाल करें और जब चाहें दुतकार दें।

उसने उन सबको इकट्ठा किया। वे सब डरते-डरते पहुँचे। उनकी नज़रें ज़मीन से बँध गई थीं। पाँव काँप रहे थे। उसने गरजकर कहा, "मेरी आँखों में देखो !"

उनकी पलकें बार-बार उठने को काँप रही थीं पर गिर जाती थीं। उसने फिर दोहराया। बड़ी मुश्किल से वे अपनी पलकों को उठाकर थाम पाये। उसने बोलना शुरू किया, "मेरे बच्चो, तुम भटक गये। अपना कर्त्तव्य भूल गये। यह भी भूल गये कि यही तुम्हारा अभ्यारण्य है लेकिन

मैं प्रसन्न हूँ कि तुम लौट आये। मैं सोचता था कि तुम इन्सान की सीमाअ से ऊपर उठ चुके और एक ऐसे विकसित मनुष्य की श्रेणी में आ गये जो संकल्प-विकल्प की स्थिति से ऊपर होता है। तुम्हारा आधार भावना नहीं विज्ञान है! द्वैतात्मक द्वन्द्व पर विजय पाकर हथियारों की वास्तविकता पहचानने लगे हो। एकनिष्ठ जीवन में प्रवेश करके मुक्ति का रास्ता अपनाने के लिए उत्सुक हो। लेकिन ऐसा नहीं है। तुम एक आम और सामान्य इन्सान हो। भावनाओं के पुतले! तुम्हारा दायित्व अभी भी बँटा हुआ है। तुम अपने उस धर्म को भूल गये जिसे हमने सड़ी-गली मानसिकता के बन्धनों से मुक्त कराकर ठोस वास्तविकता पर खड़ा किया। तुम्हारा अपनी माँ के पास जाना इस बात का द्योतक है कि तुम इन्सान और उसकी निम्न कोटि की भावनाओं को ही सब कुछ समझते हो। तुम्हारी माँ की नजर में अविकसित इंसान बने रहकर चूहों की तरह इधर-उधर लुढ़क कर मर जाना ज्यादा अच्छा है। बीमार होकर घिसटना हथियारों को प्यार करने से ज्यादा पवित्र है। मैं तुमसे पूछता हूँ इन पवित्र हथियारों ने कभी किसी को बेवजह छुआ? जबकि इन्सान झाड़ी के पत्तों को भी चैन नहीं लेने देता। बिन बात नोच-नोचकर फेंकता रहता है। क्या कभी वे आदमी की तरह गँधाये? फिर भी तुम अपनी माँ के पास गये! उस माँ के पास जो हमारे दर्शन के विरोध में तनकर खड़ी है। उससे तुम्हारा पैदा करने का रिश्ता है! मैं तुम्हारा पिता और माँ दोनों हूँ। मैंने तुम्हें कुसंस्कारों से मुक्त किया, एक विकसित इन्सान की जिन्दगी बख्शी, एक ऐसे वर्ग से प्रेम करना सिखाया जो बुद्धि से जन्मा और विकसित हुआ।" थोड़ी देर रुककर उसने फिर कहा, "मेरे बच्चो, अगर तुम्हें पछतावा है, और तुम अपने अन्दर उस महान प्यार के दीप को फिर से प्रज्ज्वलित करना चाहते हो तो मैं तुम्हें एक मौका और देता हूँ।"

वे सब उसी तरह एक साथ नतमस्तक हो गये जैसे तब हुए थे जब उन्हें इस अनोखे प्रेम से जोड़ने के लिए दीक्षित किया गया था। उन्हें बताया गया था कि अगर संवेदनशील होना है तो हथियारों के प्रति हो…प्यार करना है तो हथियारों से प्यार करो…जीना है तो हथियारों के लिए जिओ…यही उद्देश्य है, यही है और यही धर्म कर्त्तव्य है।

पुनर्दीक्षा

अमरी उन्हें तब तक झुकते हुए देखता रहा जब तक वे जमीन से नहीं लग गये। उसके आमीन कहते ही उनके हथियार उनके हाथों में थे। देखते-देखते उनका कायाकल्प हो गया था। मायूसी पूरी तरह दफा हो गई थी। माँ और पिता के जो साये एक-दूसरे को ढकते और उघाड़ते नजर आ रहे थे वे छँट गये थे। केवल एक ही चेहरे का अक्स था। उन सबके चेहरे उसी में घुल-मिल गये थे।

उसने आवाज को बुलन्द किया और कहा, "अगर तुम बौद्धिक रूप से विकसित इस संसार में रहना चाहते हो. तो हीन भावना-भरे उस संसार से अपने को मुक्त कर लो। हथियार ही तुम्हें वास्तविक स्वतंत्रता दिला सकते हैं। वे निस्पृह हैं। परोपकार उनका धर्म है। अगर तुम फिर भटकोगे तो रास्ता ढूँढ़े नहीं मिलेगा। अगर तुम समझते हो कि इन्सान के प्रति मोह और ममत्व तुम्हें मुक्ति का रास्ता दिखायेगा तो तुम भूल कर रहे हो। जन्म के साथ ही काल अपना निशान बना देता है। अन्ततः वही निशान काल का रास्ता बनता है। जब सब उपाय फेल हो जाते हैं तो ये केवल उसे क्रियान्वित करते हैं। डरोगे तो तुम अपना काम पूरा नहीं कर पाओगे। उसे अपना काम करने दो, तुम अपना काम करो। अगर तुम अपना काम छोड़कर झूठी भावनाओं का शिकार हो जाओगे तो तुम वही करते रहोगे जो अभी करके चुके हो। हथियार तुम्हारे अन्तस और बाह्य जगत को टूटने से बचाते हैं। तुम प्रेम के रास्ते पर चलो! शक्ति का प्रेम। हथियारों का प्रेम! बुद्धि का प्रेम। उसी में मानव प्रेम भी निहित है। यही तुम्हारा राज-मार्ग है। यदि कर्त्तव्य निबाहने में कोई भ्रम हो, पथ धुँधला होता दिखाई पड़े तो तुम द्रष्टा के पास जाओ! उस द्रष्टा के पास जो इस पथ के हर मोड़, हर खाई-खंदक से गुजर चुका हो। वही तुम्हारा पिता है। तुम्हारा गुरु है। तुम्हारा मार्ग-दर्शक है!"

इतना कहकर अमरी चुप हो गया। नेत्र बन्द कर लिये। दोनों हाथ ऊपर उठा दिए। सबने संकेत को पकड़ा। देखते-देखते सब अपने-अपने स्थानों को लौट गये। इकाइयाँ फिर जगमगा उठीं।

अन्तर समूह

अमरी ने जब आँखें खोलीं तो वह शान्त था। चिन्ता काफी सीमा तक तिरोहित हो चुकी थी। उसकी भटकी हुई सन्तान लौट आयी। संकट टल गया था। लेकिन चिन्ता का एक अंकुर अभी भी पत्तियाँ खोल रहा था। उन्होंने जाने और लौटने का रास्ता देख लिया—एक बार उस रास्ते गये तो बार-बार भी जा सकते हैं। यदि वे लोग दोबारा गये तो वह मात्र गलती नहीं होगी। अस्वीकार होगा। संपूर्ण अस्वीकार। अगर इस बार हुआ तो उनका पलायन हथियारों के साथ होगा। उस हालत में हथियार प्रेम का माध्यम न होकर विनिमय का जरिया हो जायेंगे। इस स्थिति से उबरने का उसने एक रास्ता निकाला। पूजा और प्रेम के व्यक्तिगत अधिकार को सामूहिक रूप दे दिया। हथियारों के लिए सामूहिक पूजा-घर बना दिये गये। सब अपने-अपने हथियारों की सेवा उन सामूहिक पूजाघरों में करते थे। पूजा-स्थलों के द्वार अमरी के संकेत पर खुलते थे। सब अपने-अपने हथियारों की सेवा-सुश्रूषा और पूजा करके अपने-अपने स्थानों को वापिस लौट जाते थे। लौटने पर उन्हें विरह की अग्नि दग्ध करने लगती थी। उसे वे तब तक सहन करते थे जब तक पूजा का अगला अवसर नहीं आता था। पूजा और प्रेम की यह नीति उन्हें पूरा संतोष नहीं दे पा रही थी। वे बेचैन बने रहते थे। बेचैनी रात-दिन कुतरती थी। यह सब कुछ अमरी की नजर में था। जब कभी उसे लगता कि उनकी बेचैनी असह्य हो रही है तो वह रात-बेरात भी द्वार खोल देता। सब अपने-अपने स्नेहाधार से मिलकर फफक-कर रो पड़ते ! आँसुओं से पखार डालते ! आहें और कराहें वातावरण को सुन्न कर देतीं ! संकेत मिलने पर जब वे लौटते, कुछ देर तो उनके दिल में अमरी के लिए प्रशंसा रहती। लेकिन धीरे-धीरे उसका स्थान विरह की अग्नि ले लेती।

इतना जरूर था कि जब वह हथियारों के सामने से गुजरता और अपनी सन्तान को सेवा-सुश्रूषा करते पाता तो उसका सीना फूल जाता, उसे लगता कि उसने शक्ति और आस्था का दूसरा शीर्ष खोज निकाला है। जैसे ही वह वापिस लौटता वैसे ही वे सब उसे वैताल की तरह अपने कंधे पर लदे महसूस होने लगते।

पाँच

ठहरा हुआ युद्ध

अमरी पर अब उम्र हावी होने लगी थी। अक्सर वह अतीत में चला जाता था। वहाँ अक्सर उसका अपने पिता से साक्षात्कार हो जाता था। वही पिता, जिसने अपना हथियार छूने पर उसे पेटी की मार मारी थी। उस मार ने बेटे से ज्यादा हथियार को महत्त्वपूर्ण बना दिया था। उसी सिलसिले में कभी-कभी बचपन में पढ़ी, नारियल तोड़ने के लिए पेड़ पर चढ़े उस आदमी की कहानी याद आने लगती थी जो लटका रह गया था। उसे उतारने के लिए ऊँटवाले, घोड़ेवाले आये और न जाने किस-किसने कोशिश की···सब के सब लटकते गये ! ऊपर वाले के पाँव पकड़ते ही नीचे की सवारी सवार के नीचे से निकलकर आगे बढ़ जाती थी। उसे यही लग रहा था कि पता नहीं क्या हुआ होगा···? हालाँकि कहानी का अन्त उसने पढ़ा था पर वह उसे आश्वस्त नहीं करता था। न तो नारियल को अनन्त काल तक पकड़े रहा जा सकता था और न आँखों देखते छोड़ा जा सकता था। स्थिति की नजाकत को वह गहराई से अनुभव करने लगता था। उसे लगता था कि या तो नारियल उसे पकड़े है या फिर उसके हाथ नारियल के वजूद का हिस्सा हो गये हैं। इसी बिन्दु पर आकर वह ठहर जाता ! आगे कहाँ जाये ?

धीरे-धीरे उसका ध्यान वहाँ से भी हट जाता ! अपनी प्रेमिका की याद आने लगती। उतनी ही जवान, उतनी ही तरोताजा। उस चक्कर में वह अपनी उम्र भी भूल जाता, उसे यही महसूस होता कि अभी भी वह वैसी की वैसी ही है। क्या वह कभी उसे इसी हालत में मिलेगी ? दरअसल वह चाहती थी कि अमरी प्रेमिका को हथियारों और चानमारी के दौरान

उत्पन्न होने वाली आवाज से ज्यादा समझे। स्वाभाविक है कि प्रेमिका का यह चाहना प्रेम के दम पर था। लेकिन वह उसके प्रेम को तब भी हथियारों के अपने प्रेम के सामने हेय समझता था। वह उसे स्वार्थपरक और निम्न-कोटि का लगता था। हथियारों के प्रति अपने प्रेम को वह निस्वार्थ और सात्विक मानता था। उसने उसके प्रेम को अपने ऊपर हावी नहीं होने दिया। पर कभी-कभी हूक जरूर उठती थी। लेकिन उसकी पत्नी—जो उसकी संतान की माँ है— और जिसे उसके ससुर इस युग की विदूषी महिलाओं में मानते-मानते चले गये—एक अत्यधिक साधारण औरत होकर रह गयी। वह न उसे समझ सकी और न अपने आपको समझ सकी। वे दोनों निरन्तर एक ठहरा हुआ युद्ध लड़ रहे हैं—पता नहीं कब तक लड़ते रहेंगे। वह न उसका दिमाग बन सकी, न हाथ, न पाँव और न मन—मात्र उसकी सन्तान की माँ! उसका छोटा बेटा—उसे वह पता नहीं क्यों अपनी सन्तान मानने में झिझकता है! तह किसी भी बिन्दु पर उससे नहीं मिलता। लेकिन उसकी माँ कहती है कि कोई ऐसा छिपा हुआ बिन्दु हो सकता है जिसे वह स्वयं न जानता हो—और...और...वह विकसित होकर छोटे बेटे के रूप में प्रकट हुआ हो! ये सब संभावनाएँ हैं—संभावनाएँ मजबूत आधार नहीं देतीं! फिर भी...अपना खेल तो खेलती ही हैं।

लाल बूँदों का लास्य

अमरी को अपने उस सूक्ष्मतम हथियार के संदर्भ में अपने छोटे बेटे के सामने धीरे-धीरे एक किताब की तरह खुलना पड़ रहा था। इसके सिवाय कोई रास्ता नहीं था। हर पन्ना उलटने से पहले वह सहम जाता था। फिर उलट देता था। बेटे को हर पन्ना अनगिनत लाल-लाल चित्तियों से सना नजर आता था। उसे लगता था कि उन्हें हाथ बढ़ाकर पोंछ दे। पर किस रूमाल से पोंछे! सब पहले से ही लाल हैं। भीगे हैं। पन्ने पर पड़ा हर छींटा देखते-

देखते मोटा होता जाता था। उसे अपनी कल्पना पर हँसी आने लगती थी। आदमी के शरीर की तरह कहीं इन वर्कों के भी रोम न होते हों ! उन्हीं के चलते ये बूँदें मोटी होती रहती हैं। जब तक उन सुराखों को बन्द नहीं किया जायेगा इन बूँदों का बढ़ना भी बन्द नहीं होगा ! अन्यथा सब कुछ लाल हो सकता है—धरती, आकाश—सब कुछ !

इस बात को उसने पिता से नहीं कहा। कहकर करता भी क्या ? जो उसे नजर आता था पिता उसे नहीं देख रहा था। पिता का बताया तो वह सीख ही रहा था। उसके अलावा जो दीखता था उससे भी सीखता जाता था। पिता बीच-बीच में कहते जाते थे, "मैं तुम्हें संसार की सबसे बड़ी निधि सौंप रहा हूँ ! उस खजाने के कपाट तुम्हारे सामने खोले डाल रहा हूँ जिसके बारे में लोगों के लिए कल्पना करना भी कठिन है। मैं नहीं जानता कि तुम इसका क्या करोगे ? इसे सँभालकर रखोगे, बढ़ाओगे या राख के कणों की तरह बिखेर दोगे ?"

कुछ देर बाद वह फिर बोलना शुरू करता, "मेरा बस चलता तो मैं तुम्हें हरगिज ना सिखाता ! लेकिन तुम्हें सिखाना मेरी मजबूरी है। क्योंकि बाकी सबका मस्तिष्क तराशा हुआ है। मैं अपनी गलती स्वीकार करता हूँ। सब कुछ मैंने ही किया। इनमें न सामर्थ्य है और न आकांक्षा ! आकांक्षा का उद्देश्य चाहे जो भी हो पर उसका केन्द्र में उपस्थित रहना ही मनुष्य को आगे ले जाता है—उसका विकास करता है। मैंने अपनी आकांक्षा को सदा जीवित रखा। उससे जुड़े उपकरणों को साधा है। मैं जानता हूँ तुममें सामर्थ्य भी है और आकांक्षा भी। लेकिन मेरे विश्वास की तुलना बार-बार दूसरी दिशा में झुक जाती है। लेकिन मैं क्या करूँ—इस सबको अपने कंधों पर साधकर अब मैं आगे नहीं ले जा सकता। किसी न किसी को सौंपना मेरी मजबूरी है। इसे विडम्बना ही कहूँगा कि सौंपने से पहले मैं इस बारे में आश्वस्त नहीं हो पाया कि जो मैं तुम्हें दे रहा हूँ—वह जियेगा, विकसित होगा या अकाल मृत्यु को प्राप्त हो जायेगा !"

अपने को अमरी का बेटा समझने वाला वह लड़का हँसा, "जब तक ज्ञान आपके पास है—आपका है। मेरे पास आते ही मेरा हो जायेगा। मैं उसका क्या करूँगा इसकी जिम्मेदारी मुझे ओढ़नी पड़ेगी, आपको नहीं।

वैसे भी ज्ञान वल्दियत पर निर्भर नहीं करता।"

"लेकिन यह मेरे जीवन की आस्था और सत्त्व है..."

"एक की आस्था दूसरे की भी हो—यह जरूरी नहीं।"

रुद्राभिषेक

उस घटना के बाद अमरी काफी दिन तक तय नहीं कर पाया कि वह क्या करे ? वे लोग वहीं के वहीं रुके रहे। बार-बार उसके दिमाग में यही सवाल उठता था कि वह उसे दे या न दे। वह जानता था कि उसके बेटे के लिए यह न प्रेम की वस्तु है और न विश्वास की। वह उसे एक प्रकार के ज्ञान से अधिक कुछ नहीं समझता। यहाँ तक कि वह उसके लिए उतना रहस्य भी नहीं जितना उसके अपने लिए है। अमरी के दिल में यदि खुशी की लहर उमगती थी तो केवल उस समय जब वह नवनिर्मित मन्दिरों से होकर गुजरता था और अपनी सन्तान को हथियारों से प्रेम करते देखता था और उन्हें उनकी सेवा-सुश्रूषा में निमग्न पाता था। उसकी वह सन्तान उसके प्रेम-पंथ को आगे ले जा रही है यह बात उसे गद्गद कर देने के लिए पर्याप्त थी। लेकिन जब वह अपने इस नये हथियार की तरफ लौटता तो छोटे बेटे को अपनी ड्यूटी पर असंपृक्त भाव से मुस्तैद खड़ा पाता। उसकी खुशी और उत्साह बिला जाते। अपना सम्पूर्ण कृतित्व उसे खूँटी पर टँगी धूल ढकी पहरन की तरह नजर आने लगता। जो सबसे अधिक अविश्वसनीय है वही उसके सबसे कीमती अनुभव और संघर्ष का वारिस हो जायेगा। यह बात उसके अन्दर सिकुड़न पैदा करने लगती थी। उसकी महत्त्वाकांक्षा सिमटती चली जाती थी। शक्ति और आस्था का नया शीर्ष टूटकर गिरता हुआ महसूस होने लगता था। लेकिन जहाँ वह था, वहाँ से लौटना कठिन था। यह उसकी अपनी गलती का नतीजा था। उसी ने बिना सोचे-समझे

और जाने अपने सबसे छोटे बेटे को शक्ति के उस शीर्ष पर बैठाने का स्वप्न देखा था। अब वह उससे मुकर भी नहीं सकता था। उसकी बढ़ती उम्र और सन्तान के तराशे हुए मस्तिष्क उसके स्वप्नों के सामने सीना ताने खड़े थे।

सिर्फ एक ही संभावना पर सारा दारोमदार था। हो सकता है इस हथियार की अदम्य सामर्थ्य और प्रचंडता से प्रभावित होकर उसका बेटा अपनी माँ के द्वारा सिखाये गये तथाकथित मानव-प्रेम से विमुख हो जाय। शक्ति की महत्ता को स्वीकार कर ले और उसके द्वारा दिखाया गया प्रेम-पथ अपना ले। अगर ऐसा हो गया तो वह उसके संदेश को देश-देशान्तर में फैला देगा। तब वह अमर हो जायेगा। वह उसकी सामर्थ्य को पहचानता था। वह जानता था कि उसका बेटा भी अपनी प्रतिभा को दक्षता के साथ उपयोग करने में किसी से पीछे नहीं। उसके सामने उसका अपना अतीत उभर आता था। अमरी उसे पूरी तरह नकार कर आगे बढ़ा था। उसकी पत्नी का कहा वाक्य भी ताजा हो जाता था—और वह सोचने लगता था, क्या वास्तव में मेरी ही दबी हुई प्रवृत्तियाँ उस लड़के में मुखर हो उठीं? क्या वह मेरी सन्तान है? नहीं, यह नहीं हो सकता। मैंने उन सब स्थितियों को कुचल डाला जो मेरे रास्ते में बाधक थीं···हथियारों के प्रति मेरे महान प्रेम के बीच आती थीं। हो सकता है उनमें से किसी में प्राण सिसकते रह गये हों···! क्या अपने उस बेटे के रूप में वह स्वयं उसी रास्ते की तरफ लौट पड़ेगा जिसे वह घृणा करता है···?

वह एकाएक बदहवास-सा होकर चिल्लाया, "नहीं, मैं सबको नष्ट कर दूंगा···मैं महाकाल हूँ···इस ब्रह्मांड का कण-कण मेरी मार के अन्दर है! शक्ति की जिस पीठ पर मैं आसीन हूँ वहाँ से मुझे ग्रह, नक्षत्र, पृथ्वी, आकाश···सब नश्वर नजर आ रहे हैं। मैं रुद्र हूँ···शक्ति और संहार भाव में स्थित रुद्र···मैं सबको उदरस्थ कर चुका हूँ···ये सब एक-एक करके मेरे मुख में प्रवेश करते जा रहे हैं ··। मेरा वज्र इन पर कभी भी गिर सकता है।·· हा···हा···हा···!"

अमरी का छोटा बेटा पिता को रुद्र भाव में देखकर भी भय-मुक्त था। वह तभी अन्दर से बाहर आया था। उसके हाथ झुलसे हुए थे। पर आँखों

में चमक थी। वह बच्चों को खेलते देखकर निहाल हो रहा था। हरे-हरे खेत उसके अन्दर लहरा रहे थे। पक्षी एक सिरे से उड़ते थे और दूसरे सिरे तक निर्द्वन्द्व उड़ते चले जाते थे। आकाश पहले सूर्य की किरणों से चमचमाता रहा, अब तारों से जगमग कर रहा था। वह उन्हें देखकर उतना ही प्रसन्न था जितना उसके कारनामे सुनकर उसकी माँ प्रसन्न होने वाली थी !

●●